www.tredition.de

AF203994

Cornelia Sehnert

Kommt Mama wieder?

www.tredition.de

© 2015 Cornelia Sehnert

Verlag: tredition GmbH, Hamburg

ISBN
Paperback: 978-3-7323-4314-0
Hardcover: 978-3-7323-4315-7
e-Book: 978-3-7323-4316-4

Printed in Germany

Mit quietschenden Reifen setzten sich die Autos in Bewegung, wie immer war die Kreuzung am Pirnaischen Platz voll. Fußgänger standen ungeduldig am Zebrastreifen, denn auch die Straßenbahnlinie 3 fuhr in diesem Augenblick an die Haltestelle auf der gegenüberliegenden Straßenseite.

Isabell sah dem Trubel gelassen zu, denn sie hatte es nicht eilig. Erst in einer Viertelstunde musste sie wieder am vereinbarten Treffpunkt sein, bis dahin hatte sie noch Ruhe vor ihrer Klasse. Um nicht die Orientierung zu verlieren, war sie nur die Hauptstraße geradeaus gegangen und ganz in Ruhe ein bisschen durch die Läden gebummelt.

Mit einem kräftigen Stoß wurde Isabell plötzlich beiseite gedrängt. Eine junge Frau lief schnellen Schrittes an dem Mädchen vorbei, geradewegs auf die zweispurige Fahrbahn.

Isabell reagierte reflexartig, packte die Frau am Ärmel und zog sie an den Fahrbahnrand zurück. Diese erwachte durch den Ruck aus ihrer Trance und starrte ihr Gegenüber mit großen Augen an, während die Autos nach wie vor ununterbrochen an ihnen vorbei rauschten

„Sind Sie verrückt, beinahe wären Sie überfahren worden!", schrie Isabell, doch sie bekam keine Antwort und das irritierte sie. Um die Situation zu entschärfen, sprach sie in einem möglichst ruhigen Ton weiter. „Ich heiße Isabell.", stellte sich das Mädchen vor. „Wollen Sie mir Ihren Namen sagen?"

Erst jetzt bemerkte sie auch, dass die Frau offensichtlich schwanger war. Statt einer Antwort begann diese plötzlich bitterlich zu weinen und konnte sich nur mühsam auf den Beinen halten. Isabell versuchte so gut es ging, sie zu stützen und sie setzten sich auf die stählernen Sitze an der Straßenbahnhaltestelle. Noch immer wurde die Schwangere von Weinkrämpfen geschüttelt.

„Das Kind...", stammelte sie verzweifelt. „Das Baby – es wird niemals einen Vater haben. Er ist tot! Mein Gott, wie soll ich nur ohne ihn mein Kind großziehen?"

Nun war es heraus und Isabell wusste nicht, was sie dazu sagen sollte. Durch ihr Schweigen gab sie der fremden Frau aber auch Zeit, sich zu beruhigen.

„Ich heiße Elena.", sagte diese nach einem tiefen Seufzer. „Entschuldige bitte, dass ich mich nicht gleich vorgestellt habe. Ich bin einfach völlig fertig seitdem... . Aber warum erzähle ich dir das eigentlich alles? Du bist doch noch viel zu jung, um das zu verstehen!"

Isabell war nicht gekränkt. „Das mag ja sein, aber ich sehe, dass es Ihnen schlecht geht, also will ich helfen!"

Elena vorzog das Gesicht, aber es gelang ihr kein Lächeln, zu groß war der Schmerz in ihr. „Du kannst ruhig du zu mir sagen. Wie alt bist du überhaupt?", fragte sie Isabell.

„Im Juli werde ich neun!", erklärte das Mädchen.

„Das ist ja gar nicht mehr lange hin. Mein Baby kommt im September."

Forsch entgegnete Isabell: „Dann hast du noch drei Monate Zeit, um dich wieder auf dein Baby zu freuen. Und das solltest du auch machen! Das Kleine kann doch auch nichts dafür!"

Elena gelang nun doch ein kleines Lächeln. „Für dein Alter bist du ganz schön kess, weißt du das?"

Das Mädchen grinste. „Ja, ich weiß. Muss ich aber auch sein, die in meiner Klasse sind alle ziemlich doof!"

In diesem Moment fiel es ihr wie Schuppen von den Augen.

„Oh nein, ich muss ja wieder zurück! Mensch, wie spät ist es denn?"

Nach einem Blick auf ihre bunte Armbanduhr war sie nicht weniger aufgeregt.

„Noch fünf Minuten, da muss ich mich jetzt aber beeilen!"

Elena schrieb schnell etwas auf einen Zettel und gab ihn Isabell.

„Melde dich doch mal wieder bei mir, ich würde mich sehr freuen! Du ahnst gar nicht, wie sehr du mir heute geholfen hast!"

„Okay, ich ruf an, wenn meine Eltern nichts dagegen haben. Aber jetzt muss ich echt laufen!"

„Mach´s gut!"

„Ja, du auch! Und alles Gute für dich und das Kleine!", rief Isabell zurück.

Gerade noch rechtzeitig erreichte Isabell das Mc Donalds. Die gesamte Klasse war bereits versammelt und Frau Hoffmann warf ihr einen strengen Blick zu, aber sie sagte nichts. Die Gruppe setzte sich in Bewegung und erreichte nach 15 Minuten den Bahnhof.

`Jetzt dürfen wir uns wieder durch dieses Chaos hier wühlen! Das ist ja kein Bahnhof, das ist ja eine Riesen-Baustelle!´, schoss es Isabell durch den Kopf.

Überall waren Bauzäune, der Boden war teilweise behelfsmäßig durch Bretter bedeckt, doch zum Glück wusste die Lehrerin ganz genau, wie sie den Bahnsteig erreichten, auf dem der Zug nach Hause gerade einfuhr. So konnten sie bequem ihre reservierten Plätze einnehmen.

Isabell war gespannt, was ihre Eltern sagen würden, wenn sie ihnen von ihrer Begegnung erzählen würde. Wahrscheinlich würden sie ihr gar nicht glauben. Sollte sie Elena wirklich anrufen? Aber warum eigentlich nicht? Sie war ja sehr nett gewesen... und so traurig.

Isabell beschloss, der jungen Frau dabei zu helfen, ihr Lachen zurück zu bekommen. Wie sie das machen wollte, darüber zerbrach sie sich vorerst nicht den Kopf.

`Mal schauen, wie sich alles entwickelt.´, dachte sie. `Vielleicht wird es ihr ja wieder gut gehen, sobald ihr Baby da ist.´

Den Rest der Fahrt verbrachte sie damit, aus dem Fenster zu schauen oder ihre Mitschüler unauffällig zu beobachten. Die meisten hatten sich hinter Jugendzeitschriften verschanzt, manche tuschelten miteinander. Einige Mädchen bestaunten gegenseitig ihre Mitbringsel, die sie auf dem Wandertag gekauft hatten.

Auf dem Heimweg musste die Klasse einmal umsteigen und nach einer gefühlten Ewigkeit war das Ziel endlich erreicht. Ein Blick aus dem Fenster verriet Isabell, dass ihre Mutter schon auf dem Bahnsteig stand. Sie band sich die halblangen blonden Haare wieder zusammen, zog ihren Rucksack über die Schultern und folgte den anderen aus dem Abteil. „Meine Mutter ist schon da. Bis morgen dann.", sagte sie zu Frau Hoffmann, dann war ihre Mutter auch schon neben ihr.

„Na, war es schön?", fragte sie.

„Ja, es war ganz okay. Ich habe eine neue Bekanntschaft gemacht!", erwiderte Isabell.

„Wirklich? Davon musst du mir unbedingt erzählen", sagte Isabells Mutter interessiert.

Inzwischen waren sie am Auto angekommen und auf der Heimfahrt erzählte Isabell ihrer Mutter von Elena. Doch diese war plötzlich ganz und gar nicht mehr begeistert.

„Du kennst die Frau doch gar nicht. Außerdem bist du viel zu jung, um dich mit einer Erwachsenen anzufreunden. Wer weiß, was die im Schilde führt!"

Enttäuscht schwieg Isabell, doch sie beschloss, Elena jetzt erst recht anzurufen. Ihre Mutter sollte sie erst mal kennen lernen. Sie würde sie bestimmt auch nett finden.

Anfang September begann das neue Schuljahr. Isabell ging nun in die dritte Klasse. Anfangs ließen ihre Mitschüler sie noch in Ruhe. Alle waren in den Pausen vollends damit beschäftigt, ihre Ferienerlebnisse auszutauschen. Doch bereits nach wenigen Wochen begannen die Hänseleien von neuem.

In der Pause drohten ihre einige Jungs wieder einmal Prügel an. Isabell wollte daher nach der letzten Stunde möglichst schnell die Flucht ergreifen und nahm den hinteren der drei Treppenaufgänge, um direkt zum Haupteingang zu gelangen, doch sie war schon zu spät.

Vor dem Haupteingang hatten sich etwa 10 Jungen aus Isabells Klasse versammelt. Sie saß in der Falle. Da die Jungs sie bereits gesehen hatten, würde es ihr auch nichts nützen, eine andere Tür zu nehmen. Die würden schneller als sie dort sein, das wusste sie. In diesem Moment sah Isabell, wie ihr Heimatkundelehrer vor der Tür erschien und die Jungen praktisch in die Flucht trieb. Zaghaft näherte sie sich dem Ausgang und trat langsam hinaus.

Da saß der Lehrer schon in seinem Auto, öffnete von innen die Beifahrertür und sagte zu ihr:

„Komm, steig ein, ich fahre dich nach Hause!"

Aber Isabell zögerte immer noch, bis sie schlussendlich doch einstieg und sich ein Stück des Weges fahren ließ. Auf einem Parkplatz in der Nähe des Hauses, wo sie wohnte, bat sie den Lehrer, sie abzusetzen, bedankte sich und stieg aus. Ihre Mutter durfte auf keinen Fall erfahren, was heute passiert war, denn sie würde nur wieder Fragen stellen und am Ende ihr, Isabell, selbst die Schuld an ihrer Situation geben. Da sie aber verweint aussah, musste sie sich eine Ausrede einfallen lassen.

„Was ist denn mit dir los? Hast du eine schlechte Zensur bekommen?", fragte Isabell´s Mutter prompt, als sie ihrer Tochter die Tür öffnete.

Das war mal wieder typisch, ihre Mutter war nur darauf bedacht, dass sie gute Noten mit nach Hause brachte, doch wie es ihr wirklich ging, ahnte sie nicht.

„Nein", entgegnete Isabell und behauptete, sie habe sich mit einer Freundin gestritten.

Doch diese Freundin existierte gar nicht. Sie fühlte sich einsam und wusste nicht, wie sie sich dem Mobbing in der Schule zur Wehr setzen konnte.

Am Nachmittag war Isabell allein in der Wohnung und sie beschloss kurzerhand, Elena anzurufen. Als sie jedoch die Nummer wählte, meldete sich nur der Anrufbeantworter. Isabell legte auf, ohne eine Nachricht zu hinterlassen.

Gerade mal eine Stunde später klingelte das Telefon. Eigentlich durfte Isabell nicht ans Telefon gehen, wenn ihre Eltern nicht zu Hause waren, aber an der Vorwahl erkannte sie, woher der Anruf kam, und dachte sofort an Elena. So hob sie ab und meldete sich mit ihrem Namen.

„Hallo, hier ist Elena.", erklang tatsächlich die Stimme der jungen Frau.

„Meine Schwester war vorhin in meiner Wohnung und hat mir gleich Bescheid gesagt. Sie hat deine Nummer vom Display abgelesen und da wusste ich, dass du es warst."

„Wo bist du denn?", fragte Isabell verwundert.

„Wir sind im Krankenhaus. Mein Sohn ist gestern zur Welt gekommen!", entgegnete Elena am anderen Ende.

„Das ist ja großartig, herzlichen Glückwunsch! Hm, morgen ist Freitag, könnte ich euch da nachmittags besuchen?"

„Aber klar doch, ich freue mich!", sagte Elena begeistert.

Sie nannte den Namen des Krankenhauses und erklärte Isabell, mit welcher Straßenbahnlinie sie dorthin kommen könnte.

„Klasse, dann bis morgen. Ich freue mich auf dich und den Zwerg!"

Erleichtert legte Isabell den Hörer auf. Die Ereignisse vom Mittag waren fast vergessen, der Tag war gerettet und als ihre Eltern nach Hause kamen, platzte sie gleich mit der Neuigkeit heraus.

Glücklicherweise sah Isabell´s Vater die ganze Sache wesentlich lockerer als die Mutter. Er versprach, seine Tochter gleich nach der Schule zu Elena zu fahren und während des Besuchs im Auto zu warten.

Isabell war selig, doch die Schule kam ihr am nächsten Tag noch viel länger vor als sonst. Trotzdem konnten selbst ihre intriganten Mitschüler ihre Laune nicht trüben. Sie freute sich unbändig auf Elena und ihren Sohn, denn noch nie hatte sie ein Neugeborenes gesehen, nur im Fernsehen tauchten ab und zu Babys auf. Und Elena selbst hatte am Telefon so glücklich geklungen, scheinbar war sie über den Tod ihres Verlobten hinweg.

Schließlich kam der große Moment. Der Vater hatte sie noch bis zur Mutter-Kind-Station begleitet. „Viel Spaß und schöne Grüße. Ich warte dann unten im Auto.", gab er ihr lächelnd mit auf den Weg.

Isabell war nun doch etwas mulmig zumute, aber es war eher Spannung als Angst, also gab sie sich einen Ruck. Nachdem sie die Zimmernummer gefunden hatte, die Elena ihr gesagt hatte, klopfte sie leicht und trat ein.

Elena hatte ihr Baby gerade auf dem Arm. Außer ihrem Bett und dem Babybettchen stand in dem Zimmer noch ein weiteres Krankenbett, welches aber nicht belegt war.

„Hallo, schön, dass du da bist!", begrüßte die junge Mutter glücklich lächelnd ihre Besucherin.

„Oh, wie süß!", war Isabell bei dem Anblick des Kindes begeistert.

Elena lächelte und sagte: „Setz dich mal zu mir, dann gebe ich ihn dir auf den Arm!" Bevor sie der Aufforderung folgte, fragte Isabell: „Wie heißt er denn eigentlich?"

„Pascal.", erwiderte Elena. Behutsam legte sie dem Mädchen das Baby in die Arme.

„Ein Mops ist er ja nicht gerade!", entfuhr es Isabell plötzlich.

„Wie meinst du das?"

„Na ja, er ist so klein und zerbrechlich. Hat überhaupt keinen Babyspeck!"

Elena schmunzelte auf diesen Ausruf hin, denn es zeigte ihr, wie unbedarft Isabell doch war, eine Eigenschaft, welche die junge Mutter inzwischen sehr schätzte.

Das Baby schlief indes ruhig weiter.

„Er fühlt sich sehr wohl bei dir.", sagte Elena.

„Und du? Fühlst du dich auch wohl?", wollte Isabell wissen. Das Lächeln wich aus Elenas Gesicht. „Ich bin froh, dass er da ist und dass er gesund ist. Nun habe ich wieder eine Aufgabe, weil ich weiß, dass er mich braucht. Sein Vater und ich haben uns so sehr auf ihn gefreut, auch wenn wir in den letzten Monaten einige Probleme miteinander hatten. Und Pascal kann ja am allerwenigsten dafür, dass sein Vater verunglückt ist."

Einen Moment lang schwiegen sie. Isabell genoss es, das friedlich schlummernde Baby auf ihrem Arm halten zu dürfen. Sie fühlte sich sehr erwachsen in diesem Moment, da sie mit einer großen Verantwortung betraut war. Sie traute sich gar nicht, die Arme zu bewegen, aus Angst, Pascal nicht richtig festzuhalten.

Dann wechselte Elena das Thema. „Aber jetzt erzähl mal von dir! Deine Eltern hatten ja offensichtlich nichts dagegen, dass du mich anrufst. Wie haben sie denn reagiert, als du ihnen von mir erzählt hast?"

Kurz zögerte Isabell, doch dann begann sie zu erzählen. „Als ich bei dir angerufen habe, waren meine Eltern gar nicht da. Meine Mutter war nicht begeistert, als ich von dir erzählt habe."

„Weil ich viel älter bin als du, stimmt´s?", warf Elena ein. „Ja.", gab Isabell zu. „Mein Vater sieht das viel lockerer. Er hat mich auch hier her gefahren und wartet jetzt draußen im Auto."

„Aber ich hätte es mir sowieso nicht verbieten lassen, euch zu besuchen!", sagte das Mädchen trotzig. „Ich meine, es ist doch auch nichts dabei. Ich mache doch nur einen Krankenbesuch bei einer guten Freundin."

Elena versuchte, bei Isabell Verständnis für ihre Mutter hervorzurufen. „Deine Eltern kennen mich immerhin noch nicht. Sie wollen Ihr Kind nicht so ohne Weiteres mit einer Fremden allein lassen. Das kann ich sehr gut verstehen. Es ist schon sehr vertrauenswürdig, dass dein Vater nicht mit rein gekommen ist. Er traut dir zu, dass du auf dich selbst aufpassen kannst, obwohl du erst neun Jahre alt bist!"

„Und warum traut er mir das zu und meine Mutter nicht? Sie wäre ja am liebsten auch mit auf den Wandertag gekommen, aber da habe ich protestiert. Ich bin ja eh schon die Dumme in der Klasse, da fehlt mir das noch, dass ich als Mama-Kind dastehe, dem Mutti alles hinterher trägt!" Elena seufzte. „Deine Mutter ist eben sehr besorgt um dich. Weiß sie das denn, dass du mit deinen Mitschülern solche Probleme hast?"
„Nein, das weiß sie nicht. Sie würde mir ja sowieso nicht glauben.", gab Isabell zur Antwort.
„Wie kannst du dir da so sicher sein?", rief Elena sofort. „Wenn du noch nie mit deinen Eltern über das, was bei dir in der Schule los ist, geredet hast, kannst du auch nicht wissen, ob sie versuchen würden, dir zu helfen!"
Diese eindringlichen Worte machten Isabell nachdenklich. Aber das gab sie nicht zu. Stattdessen fragte sie: „Wann kommt ihr beiden denn hier raus?"
Elena begriff, dass Isabell das Thema wechseln wollte, und ging darauf ein. „In drei Tagen wird Pascal noch einmal untersucht, wenn dann alles in Ordnung ist, können wir sofort nach Hause. Wenn du magst, kannst du uns ja demnächst mal wieder besuchen."
„Das mache ich ganz bestimmt. Ich kann mich jetzt schon gar nicht satt sehen an dem kleinen Mops."
Elena grinste „Hast du nicht vorhin so was gesagt wie ´Ein Mops ist er nicht gerade´?"
Lächelnd gab Isabell zurück: „Aber irgendwie passt Mops total zu ihm. Er ist wirklich wahnsinnig süß!"
„Na dann hat er ja jetzt schon seinen Spitznamen weg!"
„Ich werde dann mal langsam wieder gehen.", meinte Isabell.
„Danke, dass du da warst. Ich habe mich sehr gefreut. Wir sehen uns bestimmt bald mal wieder.", gab Elena zur Antwort. „Ja, macht es gut, ihr zwei. Wir telefonieren dann wieder." Damit war das Mädchen auch schon zur Tür heraus.

Das Gespräch hatte Elena sehr gut getan. Doch jetzt war sie wieder allein mit ihrem Kind. In diesem Moment, da in ihrem Zimmer plötzlich absolute Stille herrschte, überkam sie ein Gefühl tiefer Einsamkeit. Wehmütig dachte sie an die letzten Monate zurück, an das Gefühl großen Glücks und unendlichen Leids.

„Ihr Verdacht hat sich bestätigt, Sie sind wirklich schwanger, und zwar in der 6. Woche. Herzlichen Glückwunsch!" Elena konnte es kaum fassen. Dieser kleine Punkt da auf dem Ultraschallbild, das war ihr Baby.

Es wuchs jetzt in ihr, in ihrem Bauch! Am Liebsten wäre sie sofort aufgesprungen und nach Hause gerannt.

Der Arzt bemerkte dies. „Lassen Sie sich einfach von meiner Sprechstundenhilfe einen neuen Termin für die nächste Vorsorgeuntersuchung geben. In etwa 4 Wochen sehen wir uns dann wieder. "

Schon von unterwegs versuchte sie, ihren Verlobten Heiko zu erreichen. Doch er ging nicht an sein Handy. Vielleicht wusste Nadja, Elenas beste Freundin, wo er steckte. Leider reagierte auch bei ihr niemand auf das Klingeln. Aber mit irgendjemanden musste Elena jetzt reden, sonst würde sie platzen. Also versuchte sie es bei Rene, Nadjas Freund, der gleichzeitig Heikos bester Freund und sein Chef war.

Er ging immerhin ans Telefon. „Weißt du, wo Heiko ist? Ich erreiche ihn einfach nicht!", sprudelte sie sofort los. „Ich habe keine Ahnung. Hier im Büro ist er jedenfalls nicht mehr. "

Elena bedankte sich und legte auf. Sie beschloss, nach Hause zu gehen. Vielleicht war Heiko ja schon da und hatte sein Handy ausgestellt, um den Feierabend zu genießen. Es war ohnehin besser, wenn sie ihm die Neuigkeit persönlich mitteilte und nicht am Telefon.

Als sie die Wohnungstür aufschloss, hörte Elena ein Geräusch, konnte es aber zunächst nicht zuordnen. Mit einem unguten Gefühl ging sie dem Geräusch nach und stand schließlich vor dem Vorhang, der zu ihrem Schlafzimmer führte. Ein unglaublicher Verdacht kam in ihr auf und sie hatte Angst vor dem, was sie sehen würde, wenn sie den Vorhang zurückzog.

Doch sie gab sich einen Ruck und zog den Vorhang etwas zur Seite. Was sie dann sah, überstieg ihre schlimmsten Befürchtungen: Heiko betrog sie – ausgerechnet mit Nadja! Die beiden waren so sehr mit sich selbst beschäftigt, dass sie Elena gar nicht bemerkten. Sie war völlig fassungslos und mit der Situation überfordert. In Tränen aufgelöst verließ sie die Wohnung wieder.

Elena lief einfach los. Nichts um sie herum drang zu ihr durch. Sie wusste weder, wohin sie lief, noch war sie sich dessen bewusst, ob sie den Fußweg benutzte.

Ihr Verlobter, den sie in drei Monaten heiraten wollte, war mit ihrer besten Freundin im Bett! Ob das schon lange ging mit den beiden? Oder „nur" dieses eine Mal? Warum tat er ihr das an? Vermisste er irgendetwas in ihrer Beziehung? Wenn ja, warum redete er dann nicht mit ihr? Und warum ausgerechnet mit Nadja? Warum ließ Nadja sich überhaupt darauf ein? Und das ausgerechnet jetzt, an dem Tag, an dem ihr größter Wunsch in Erfüllung gegangen war! Hatte sich Heiko überhaupt ein Kind gewünscht oder ihr nur etwas vorgemacht? Wie sollte es

12

jetzt weitergehen mit ihnen – und dem Kind? Und was war mit Rene?
Er wusste doch garantiert auch nichts davon.

Wie auf Stichwort stand Rene plötzlich vor ihr. „Elena? Ist alles in Ordnung mit dir?", fragte er besorgt. Was sollte sie nun sagen?

Schließlich entschied sie sich zumindest für einen Teil der Wahrheit: „Heiko hat mich betrogen! Er ist gerade mit einer anderen im Bett – in unserem Bett!" Nun war es heraus. Nadjas Namen nannte Elena nicht.

Auch Rene war geschockt. Das hätte er seinem besten Freund nie zugetraut. Er und Elena waren doch immer so glücklich gewesen. Hatte Heiko es wirklich nötig, sich mit einer anderen zu vergnügen?

„Das Allerschlimmste ist,", erzählte Elena schluchzend, „dass ich gerade vom Frauenarzt kam. Ich bin schwanger! Und ausgerechnet jetzt geht er fremd!"

Rene nahm die verzweifelte Elena in den Arm. Nachdem sie sich wieder etwas beruhigt hatte, fügte sie hinzu: „Du bist übrigens der Erste, der es jetzt erfahren hat. Das war so eigentlich auch nicht geplant."

Rene war der Meinung, dass Elena schonungslos reinen Tisch mit Heiko machen sollte. „Wirf ihm direkt an den Kopf, wie du dich jetzt fühlst. Warum solltest du Rücksicht auf ihn nehmen, nachdem er dir so weh getan hat? Dass er fremd geht, ist schlimm genug, aber dass es ausgerechnet jetzt passieren muss, macht es für dich ja noch quälender. Das kann er ruhig wissen!"

Elena nickte. Ihr fiel es in diesem Moment sehr schwer, Rene nicht zu sagen, dass es seine Freundin war, mit der sein bester Freund geschlafen hatte. Aber sie wollte sich nicht in die Beziehung der beiden einmischen und schon gar nicht wollte sie Nadja diesen Schritt abnehmen.

Niedergeschlagen ging Elena nach Hause. Sie hoffte, Nadja dort nicht mehr anzutreffen. Für eine Auseinandersetzung mit ihr hatte sie jetzt keine Kraft.

Heiko war tatsächlich allein. Er kam ihr bereits entgegen, als sie die Tür aufschloss. „Hallo, mein Schatz", begrüßte er seine Verlobte und wollte sie küssen. Doch sie wich aus.

„Was hast du denn?", fragte er verwundert.

Elena war über soviel Kaltschnäuzigkeit völlig verbittert. „Hast du mich gar nichts zu sagen?"

Heikos Blick war verständnislos und ängstlich zugleich. „Ich war vor zwei Stunden schon mal hier!", offenbarte Elena. Nun war ihm klar, dass sie von seinem One-Night-Stand wusste. „Es tut mir so leid, ich weiß auch nicht, wie das passieren konnte...", stammelte er.

„Ach komm, spar dir die Leier! Wie lange geht das schon?" Elena konnte ihrem Freund nicht in die Augen sehen. Sie stand an der Balkontür und blickte hinaus.

Heiko beteuerte, dass es ein einmaliger Ausrutscher gewesen sei. Im Grunde war Elena das auch egal. „Warum, Heiko, warum? Was mache ich falsch? Und warum ausgerechnet Nadja?", schrie sie verzweifelt. Er konnte ihr keine Antwort darauf geben.

Sein Schweigen machte Elena nur noch wütender. Sie holte das Ultraschallbild ihres Babys aus ihrer Tasche und warf es auf den Couchtisch. „Du bist schwanger?", fragte er verblüfft.

„Wieso überrascht dich das so? Wir wollten ein Kind, falls du das vergessen hast! Zumindest ich wollte es, du hast wenigstens so getan." Heiko wollte etwas erwidern, aber Elena war noch nicht fertig. „Und bevor du fragst: Ja, es ist von dir! Ich bin nämlich treu!"

Darauf wusste Heiko nichts zu sagen. Er wagte es auch nicht, seine Verlobte zu fragen, was nun aus ihrer Beziehung werden würde. Elena war inzwischen auf den Balkon gegangen und atmete die kalte Luft ein. Doch sie fror nicht, sie brauchte diese Kälte jetzt, um sich zu beruhigen. Dass Heiko die Wohnung nach einiger Zeit verließ, bemerkte sie nicht.

Als sie wieder ins Wohnzimmer trat, lag auf dem Tisch ein Zettel. „Du willst mich jetzt sicher nicht sehen. Ich fahre zu meinem Bruder. Es tut mir alles so leid!!! Ich liebe dich! Heiko."

Bevor Elena diese Information verarbeiten konnte, klingelte ihr Handy. „Rene", stand auf dem Display. Zögernd nahm sie das Gespräch an.

„Ich wollte dir nur sagen, dass ich Bescheid weiß. Sie hat es mir gebeichtet. Danke, dass du mir nichts gesagt hast. Ich bin irgendwie froh, dass ich es von ihr erfahren habe und nicht von einem Dritten. So bitter es auch ist."

Elena wusste nicht, was sie sagen sollte. Rene merkte, dass sie keine Worte fand und sprach selbst weiter. „Habt ihr drüber reden können?"

„Das kann man so nicht sagen. Ich wollte wissen, warum, was ihm bei mir fehlt und warum er mich ausgerechnet mit meiner besten Freundin betrügt. Aber er konnte es mir nicht sagen. Jetzt ist er zu seinem Bruder gefahren."

„Hast du ihm überhaupt sagen können, dass er Vater wird?", erkundigte sich Rene.

„Ja. Ich habe ihm das Ultraschallbild einfach vorgelegt. Er war ziemlich verblüfft. Das passt ihm wohl zurzeit gar nicht in den Kram!", meinte Elena mit sarkastischem Unterton.

„Und du? Du klingst so abgeklärt."

„Was soll ich machen? Ich kann es ja selbst noch gar nicht fassen. Sei mir nicht böse, Rene, aber ich möchte jetzt gerne meine Ruhe haben!" Ohne ein weiteres Wort beendete sie das Gespräch.

Wochenlang isolierte sich Elena völlig von ihrer Außenwelt. Der Schock saß tief und sie zweifelte immer mehr an sich selbst. Schließlich war es ausgerechnet Nadja, die den ersten Schritt auf sie zuging. Sie stand plötzlich vor der Tür.
„Können wir reden?", fragte sie. „Du hast Nerven!", gab Elena zurück, ließ sie aber herein. Sie ging voraus durch die kleine Wohnküche in das angrenzende Wohnzimmer. Hinter einem fliederfarbenen Vorhang befand sich das Schlafzimmer der kleinen Wohnung, der Ort, an dem der Vertrauensbruch geschehen war.
„Ich kann es nicht ungeschehen machen und ich weiß nicht, ob du mir verzeihen kannst. Ich möchte nur, dass du weißt, dass es mir unendlich leid tut und dass ich hoffe, dass unsere Freundschaft daran nicht kaputt geht!"
Das war zu viel für Elena. „Du müsstest dich mal reden hören! Ich, ich und noch mal ich! Hast du eine Ahnung, wie es sich anfühlt, den eigenen Verlobten mit der besten Freundin im Bett zu erwischen? Und dann merken sie es noch nicht einmal!" Leise fügte sie hinzu: „Ausgerechnet an dem Tag, an dem unser Herzenswunsch in Erfüllung gegangen ist."
Nadja schwieg und schaute betreten zu Boden.
„Was ist denn mit Rene?", fragte Elena weiter. „Wie er sich fühlt, interessiert dich wohl auch nicht? Oder hast du eure Beziehung schon von vornherein abgeschrieben?"
„Er hat mir verziehen. Zwischen uns ist wieder alles in Ordnung." Elena wollte nichts mehr hören. Sie verstand nicht, wie man so einen Vertrauensbruch einfach so verzeihen konnte.
Nadja begriff, dass dieser Konflikt vorerst nicht zu kitten war. Deshalb sagte sie nur: „Vielleicht können wir ja irgendwann wieder normal miteinander umgehen. Wenn das alles nicht mehr so frisch ist." Dann ging sie.

Auch Heiko unternahm mehrere Versuche zur Versöhnung. Er beteuerte, dass er sich auf das Baby freue und seinem Kind auf jeden Fall ein guter Vater sein wolle. „Ich liebe dich! Ich liebe euch beide! Was passiert ist, ist passiert und ich kann es nicht wieder gut machen. Kannst du mir trotzdem verzeihen?", flehte er verzweifelt.

Elena war auch bewusst, dass man die Zeit nicht zurückdrehen konnte. Er war der Vater ihres Kindes. Und er hatte wirklich alles versucht, um sich zu entschuldigen. Nun war es an ihr, ihm entgegen zu kommen. „Also gut. Reden wir nicht mehr darüber. Aber die Hochzeit verschieben wir bis nach der Geburt! Das Vertrauen zwischen uns muss erst langsam wieder wachsen!"

Heiko stimmte zu. Fortan las er Elena jeden Wunsch von den Augen ab und genoss es, an ihrer Schwangerschaft teilzuhaben. Zu fast jeder Vorsorgeuntersuchung begleitete er sie und war fasziniert von diesem „kleinen Wunder, dass da in dir wächst".

Die Beziehung zwischen ihm und Elena hatte allerdings sehr gelitten. Obwohl sie sich bemühte, wieder möglichst normal mit ihm umzugehen, lag zwischen ihnen eine große Kluft.

So versuchte sie auch nicht, ihn aufzuhalten, als er mit Rene und einem weiteren Kollegen zu einer Messe fahren wollte. Drei Tage würden die Männer unterwegs sein. Elena war im sechsten Monat schwanger. Trotz aller Probleme und der zwischen ihnen entstandenen Distanz waren sie aber noch immer ein Paar.

Deshalb beschloss Elena im Moment des Abschieds, einen Schritt auf ihren Verlobten zu zugehen und gab ihm ein aktuelles Ultraschallbild seines ungeborenen Sohnes mit. Gerührt nahm Heiko das Bild und betrachtete es lange. Dann steckte er es in seine Brieftasche. Zum Abschied wollte er Elena umarmen, aber sie wich zurück. So sagte er nur „Mach's gut!" und verließ die Wohnung, ohne sich noch einmal umzudrehen.

Elena traute ihren Augen nicht, als zwei Tage später Rene und Nadja vor ihrer Tür standen. „Ich denke, ihr seid noch auf der Messe!", sagte sie zu Rene. Er und seine Freundin sahen sich betroffen an. Nadja war den Tränen nah. „Können wir reinkommen? Ich... wir müssen dir etwas sagen.", bat Rene. Irritiert bat Elena die beiden herein.

„Bitte, setz dich.", forderte Nadja sie auf. „Was ist los?", fragte Elena völlig verständnislos. Sie wurde nicht schlau aus der Situation. Dass aber etwas passiert sein könnte, kam ihr nicht in den Sinn.

Rene begann stockend. „Also, auf der Messe... Es gab da so einen Stand... also draußen... wo man einen Hubschrauberrundflug mitmachen konnte. Wir sind dann da hin. Es waren aber nur noch zwei Plätze frei. Und ich wusste ja, dass Heiko so was schon immer mal machen wollte. Also bin ich unten geblieben. Verdammt, warum habe ich ihn da bloß rein gelassen?"

„Was ist mit ihm?", rief Elena voller Angst.

Rene rang um die richtigen Worte. „Der Hubschrauber... er ist abgestürzt. Sie haben nur einen Menschen lebend rausholen können. Ein Tourist aus dem Schwarzwald. "

Elena weigerte sich, diesen Gedanken an sich heran zu lassen. Nichts um sie herum drang mehr zu ihr durch. Sie wurde ohnmächtig.

Isabells Vater lehnte an der Autotür und genoss gerade die milde Septembersonne. Als seine Tochter auf ihn zukam, fragte er lächelnd: „Na, wie war es?"

Und schon sprudelte es aus dem Mädchen heraus: „Es war super schön. Der Kleine ist total süß. Er heißt Pascal, aber ich habe ihm einen Spitznamen gegeben: Mops! Das passt irgendwie zu ihm, obwohl er so klein und zerbrechlich ist. Einfach zum Knuddeln! Und Elena geht es auch wieder viel besser, seitdem das Baby auf der Welt ist. Ich glaube, sie ist darüber hinweg, dass ihr Verlobter gestorben ist!"

Der wehmütige Blick des Vaters entging dem Mädchen. Er ahnte, dass Elena sicher noch einen langen Weg der Trauer vor sich hatte, den sie vor einem Kind natürlich nicht zugeben würde. Isabells kindlicher Frohmut hatte sich in der Zeit des Besuches aber hoffentlich ein bisschen auf die junge Mutter übertragen. Er selbst freute sich sehr über die Begeisterung seiner Tochter, denn er kannte auch wesentlich ernstere Seiten an ihr.

„Wir können Elena und ihr Kind ja mal zu uns einladen, was hältst du davon?", fragte der Vater. „Ich finde das eine super Idee, aber ob Mutti auch so begeistert davon sein wird?"

„Das kriegen wir schon hin. Sie will doch immer wissen, mit wem du so befreundet bist!" Isabell grinste verschmitzt. So konnte man die Sache natürlich auch drehen.

Die Oktoberferien nahten, und Isabell war darüber sehr erleichtert. Mit dem Lernen hatte sie keine größeren Schwierigkeiten, auch wenn ihr Heimatkunde nicht besonders lag. Aber auch hier kam sie mit einiger Anstrengung immer noch auf eine Zwei.

Aber sie war froh, wenigstens einmal zehn Tage am Stück nicht den Hänseleien und Drohungen ihrer Mitschüler ausgesetzt zu sein. Stattdessen hatte sie diesmal große Pläne für die Ferien.

„Kann ich Elena und Pascal besuchen?", fragte sie deshalb schon am letzten Schultag ihre Eltern.

Der Vater sah sofort, dass dieser Wunsch seiner Tochter sehr viel bedeutete. Ebenso entging ihm nicht, dass seine Frau direkt zum Widerspruch ansetzte. „Die wird ja jetzt wohl mit ihrem Kind genug zu tun haben, oder?", meinte sie.

„Wie wär´s, wenn du sie erst mal anrufst und was mit ihr ausmachst?", wandte er sich vermittelnd an seine Tochter. „Mach ich sofort!", entgegnete Isabell fröhlich und stürmte direkt zum Telefon.

Als Elena sich meldete, brachte Isabell ihren Wunsch direkt hervor. „Ich würde euch beide so gerne sehen. Geht das? Ich habe doch jetzt Ferien!" „Na klar geht das. Ich freue mich!", antwortete Elena freundlich. „Weißt du was, ich kann dich ja auch mal abholen, dann muss dein Vater dich nicht immer fahren. Ist ja doch eine ganz schöne Strecke. Wie wäre es mit übermorgen?"

„Das ist so toll, ich kann es kaum erwarten, Pascal zu sehen!" Die Euphorie des Mädchens war nicht zu bremsen.

Wie versprochen holte Elena Isabell zwei Tage später zu Hause ab. Auch Pascal brachte sie mit. Er schlief, dick verpackt in einen Anorak, in seinem Kindersitz.

Isabell, die schon gewartet hatte, kam sofort zum Auto. Ihre Eltern folgten ihr. „Hallo, kommen Sie doch einen Moment rein!", begrüßte Isabells Vater den Gast.

„Das ist wirklich nett, aber ich möchte meinen Sohn nicht allein hier draußen lassen."

„Das ist wohl besser so.", meldete sich Isabells Mutter zu Wort. „Also, dann viel Spaß.", wandte sie sich an ihre Tochter. „Und seid bitte um sechs wieder da! Wo soll es denn überhaupt hingehen?"

Elena spürte das Misstrauen der Mutter ihr gegenüber. Deshalb erklärte sie sofort, dass sie mit Isabell einen Stadtbummel machen wolle und versicherte, sie pünktlich nach Hause zu bringen. Nach einer kurzen Verabschiedung stiegen sie ein. Das Baby hatte sich durch den Trubel überhaupt nicht stören lassen und schlummerte weiterhin selig auf dem Rücksitz.

Während der Fahrt plauderten die beiden über Alltägliches. Auch der kleine Pascal wurde wach und schaute sich munter im Auto um.

In der Innenstadt war wie immer die Hölle los. Sie stellten das Auto am Pirnaischen Platz ab, wo sie allerdings ein Parkticket lösen mussten. Isabell half Elena, Pascals Kinderwagen aus dem Kofferraum zu hieven und der Junge konnte es sich wieder bequem machen.

„Und jetzt? Wo wollen wir hingehen?", fragte Isabell unternehmungslustig. „Worauf hast du denn Lust?", erkundigte sich Elena.
„Na ja, für einen Einkaufsbummel ist es zu voll hier. Das wäre bestimmt
auch für Mops zu anstrengend!" Elena staunte wieder einmal über das
Mädchen, das schon so verantwortungsbewusst dachte.
„Wie wäre es mit einem Zoobesuch? Da haben wir allerdings ein ganzes
Stück zu laufen.", schlug die junge Mutter vor. „Okay, gute Idee. Darf
ich den Kinderwagen schieben?", bettelte Isabell. Lächelnd überließ E-
lena ihr den Kinderwagen. Nur über die vielbefahrenen Straßen schob
sie ihren Sohn selbst.
Der Zoo war wegen des trüben Oktoberwetters trotz Ferien nur wenig
besucht. Vor den Raubtierkäfigen tummelten sich einige Familien. Isabell interessierte sich mehr für das Affenhaus. Dort kamen sie gerade
rechtzeitig zur Fütterung. Amüsiert schauten sie den Schimpansen auf
der Jagd nach ihrem Futter zu.
Als sie anschließend das Affenhaus verließen, erlebten sie jedoch eine
böse Überraschung: Es hatte heftig zu regnen begonnen. „Hast du eine
Kapuze?" fragte Elena und holte den Regenschutz für den Kinderwagen
aus dem Netz, welches am Griff befestigt war. Auch Isabell kramte an
ihrem Anorak, um ihre Kapuze überzuziehen. Elena half ihr schließlich.
Nur sie selbst hatte keinen Regenschirm und wurde nass. Zunächst stellten sie sich an einem Imbiss unter. Der Regen ließ bald ein wenig nach,
aber die nächsten schwarzen Wolken waren schon zu sehen. Deshalb
beschlossen sie, die Regenpause zu nutzen und zum Auto zurück zu laufen.
Isabell war enttäuscht. Nicht, weil der Zoobesuch ein so rasches Ende
gefunden hatte, sondern weil Elena den Kinderwagen diesmal selbst
schob. „Wir müssen uns ein bisschen beeilen, bevor es hier noch einen
Wolkenbruch gibt!", hatte sie gesagt. „Und da wird der Wagen dann
doch zu schwer für dich." Das sah Isabell zwar ein, aber es hatte ihr
großen Spaß gemacht, Pascal in seinem Wagen zu schieben. Dem schien
die Hektik auch nicht zu gefallen, er begann plötzlich, zu schreien. Doch
Elena wusste, dass sie ihn erst im Auto würde beruhigen können.
Sie spürte die Enttäuschung des Mädchens. Als sie am Auto angekommen waren, wollte Isabell wieder helfen, das Baby in den Kindersitz zu
legen und den Kinderwagen im Kofferraum zu verstauen. Doch Elena
forderte sie auf, sich schon einmal ins Auto zu setzen.
Isabell verstand die Welt nicht mehr. Was war plötzlich mit Elena los?
Doch diese hob gerade ihr Baby aus dem Kinderwagen und legte es I-

sabell in die Arme. „Ein kleiner Trost, weil du ihn nicht schieben durftest.", sagte sie lächelnd. Pascal hatte sich inzwischen auch wieder beruhigt und kuschelte sich an seine Freundin.

„Schade, dass unser Ausflug so abrupt zu Ende ist.", meinte seine Mutter. Isabell war der gleichen Meinung. „Aber es war trotzdem schön. Und noch viel schöner ist es, hier zu sitzen und Mops auf dem Arm zu haben!"

Der innige Moment hielt jedoch nicht lange an, denn das Baby wurde hungrig. „Ich glaube, wir gehen besser erst mal zu uns nach Hause. Ist ja gleich hier drüben."

Elena deutete auf ein Mietshaus auf der gegenüberliegenden Straßenseite. Unter den Wohnungen befanden sich einige Geschäfte. Direkt vor den Häusern war die Straßenbahnhaltestelle und die Ampel, an der Elena und Isabell sich kennen gelernt hatten.

„Du darfst auch wieder schieben!", meinte sie lächelnd zu dem Mädchen. „Aber kannst du denn das Auto hier stehen lassen?", wunderte sich Isabell.

„Nein. Wir gehen erst mal rüber und dann hole ich schnell das Auto und fahre es auf den Parkplatz hinter dem Haus. Eigentlich hätte ich vorhin gleich dort parken können, aber wir wussten ja noch nicht, was wir unternehmen wollten."

So machten sie sich auf den Weg. Es waren kaum mehr als 100 Meter, aber Isabell war froh, dass Elena sie nicht alleine mit dem Baby hatte gehen lassen. Wieder einmal spürten sie die Rücksichtslosigkeit von vielen Fußgängern und Radfahrern.

Die junge Mutter konnte gerade noch verhindern, dass der Kinderwagen von vorbei eilenden Passanten umgeworfen wurde. Das Hupen der Autofahrer ignorierte sie, denn die Fußgängerampel war grün. Dass dies die Autofahrer auf dieser Straße meist wenig kümmerte, war sie schon gewohnt. Trotzdem waren beide froh, als sie das Haus erreicht hatten.

„Wollen wir den Kinderwagen hier stehen lassen?", fragte Isabell.

„Den bauen wir zusammen und tragen ihn mit hoch. Hier kann man nichts einfach so stehen lassen, dann sieht man es nicht wieder!"

Sie nahm die Tragetasche mit ihrem Sohn vom Gestell, stellte sie neben sich ab und klappte den Wagen mit geübten Griffen zusammen. „Kannst du das bitte tragen? Oder ist es zu schwer für dich?", fragte sie Isabell. „Nein, das geht.", antwortete das Mädchen und tat, um was sie gebeten wurde.

Dann nahm Elena die Tragetasche und ging voran die Treppen hoch. Isabell lief dahinter und sah, wie Pascal wieder neugierig seine Umgebung beobachtete. Sie zwinkerte ihm zu und lächelte. Auch der Kleine sah sehr zufrieden aus und schaute sie mit seinen treuherzigen blauen Augen an.

Als sie im zweiten Stock angekommen waren, bot Elena ihrem Gast an, sich ins Wohnzimmer zu setzen. Ihren Sohn, der noch in seiner Tragetasche lag, ließ sie bei Isabell. Dann machte sie sich auf, um ihr Auto zu holen. Anschließend, zog sie sich mit Pascal zurück, um ihn zu stillen. Es dauerte eine Weile, bis sie ihn ins Bett gebracht hatte und zu Isabell kam.

„Hast du dir etwas zu trinken geholt?", fragte sie. „Ich hatte gar keinen Durst.", erwiderte Isabell.

„Was hältst du davon, wenn wir jetzt auch erst mal Mittag essen? Es ist ja doch etwas später geworden und wir haben noch gar nichts im Magen."

„Au ja, Kühlschrank plündern ist immer gut!", meinte Isabell abenteuerlustig. Elena war schon in der angrenzende Küche und hatte einen Beutel Hackfleisch aus dem Gefrierfach geholt. Gerade fischte sie eine Zwiebel aus einem Terrakotta - Gefäß. „Du magst doch Spagetti?", erkundigte sie sich. „Klar! Ich liebe Nudeln!" Isabell hatte bereits einen Topf gefunden, den sie gerade mit Wasser füllte.

Da in der kleinen Wohnung kein Kinderzimmer zur Verfügung stand, hatte Elena ihr Baby aber in ihr eigenes Bett gelegt. Ihr Schlafzimmer war durch einen Vorhang vom Wohnzimmer getrennt. Dort stand das Kinderbett. Elena schloss die Tür zum Wohnzimmer nicht, während sie und Isabell sich in der Küche aufhielten, damit sie ihren Sohn hörte, falls etwas mit ihm nicht in Ordnung war.

„Gib mir mal bitte eine Pfanne aus der großen Schublade da unten.", bat die junge Frau.

Das Mittagessen nahmen sie im Wohnzimmer ein, weil es keine andere Essgelegenheit als den kleinen Couchtisch gab. Elena hatte ihre braunen Haare zusammengebunden und sich ein weites T-Shirt übergezogen.

Nach dem Essen beschlossen sie, sich eine kleine Pause zu gönnen. Das Baby schlief noch und das Wetter war ohnehin zu schlecht, um noch etwas zu unternehmen.

„Hast du Lust auf einen kleinen Spielenachmittag?", fragte Elena. Isabell war von dieser Idee begeistert. Sie spielten Mensch-ärgere-dich-nicht und so verging die Zeit wie im Flug. Obwohl sie sich wegen Pascal sehr ruhig verhalten mussten, hatten sie viel Spaß dabei.

Gelegentlich warf Elena einen Blick auf die Uhr, denn sie wollte das Mädchen auf keinen Fall zu spät nach Hause bringen. „Jetzt sollten wir langsam, aber sicher wieder losmachen.", sagte sie schließlich. Isabell war enttäuscht, aber Elena versprach ihr, dass sie diesen schönen Tag so bald wie möglich wiederholen würden.

„Nehmen wir Pascal mit?", fragte Isabell. Die junge Mutter schüttelte den Kopf. „Er ist heute schon genug unterwegs gewesen. Das wird sonst zu anstrengend für ihn. Ich rufe meine Schwester Antonia an, sie wird sich um ihn kümmern."

Obwohl der Verkehr durch die Stadt wieder einmal sehr zähfließend war, kamen sie pünktlich an. Elena verabschiedete sich rasch und trat die Heimfahrt an. Isabell nahm an, dass sie ihre Schwester nicht so lange mit dem kleinen Pascal alleine lassen wollte. Tatsächlich war Elena nicht an einem Zusammentreffen mit Isabells Mutter gelegen, da sie deren Abneigung deutlich spürte.

Isabell hingegen wollte unbedingt erreichen, dass sich Elena und ihre Eltern besser kennen lernten. Auch sie spürte die Distanz zwischen den Erwachsenen. Nachdem sie gelegentlich von Elena zu Ausflügen abgeholt worden war, sollte nun ein Treffen bei Isabell stattfinden. Das Mädchen beschloss, Elena und Pascal zu ihrem zehnten Geburtstag einzuladen.

Mit diesem Vorhaben stieß sie jedoch bei ihrer Mutter auf erbitterten Widerstand. „Diese Frau kommt mir nicht ins Haus!", ereiferte sie sich. Doch ihre Tochter begriff diese ablehnende Haltung nicht und fragte nach dem Grund. Die Antwort machte sie nur noch wütender: „Das verstehst du noch nicht!" Damit musste sie sich zufrieden geben.

Enttäuscht, weil die Erwachsenen sich wieder einmal um eine Erklärung gedrückt hatten, ging Isabell in ihr Zimmer. Als sie sich später in der Küche etwas zu trinken holte, bemerkte sie, dass ihre Mutter im Wohnzimmer offensichtlich mit Isabells Oma telefonierte. Isabell trank ihren Saft in der Küche leer, so konnte sie jedes Wort verstehen. „Ich lasse doch meine Tochter nicht in so ein Umfeld!", sagte ihre Mutter gerade. „Und dann soll diese Person auch noch hierher kommen? Wahrscheinlich will sie ihrem Sohn mal zeigen, wie eine richtige Familie aussieht. Sie selbst hat ja nicht einmal einen Vater für ihr Kind!"

Das war es also. Nun wusste Isabell, woher die Abneigung ihrer Mutter gegen Elena kam. Die Wut des Mädchens steigerte sich noch mehr. Sie wusste doch genau, dass Pascals Vater tot war. Wie konnte sie dann so etwas sagen? Isabell war aber auch klar, dass es keinen Sinn hätte, ihre Mutter deswegen zur Rede zu stellen. Schlimmstenfalls durfte sie dann Elena und Pascal gar nicht mehr sehen. Das konnte sie nicht riskieren.

Also wurde nichts aus ihrem Plan, die beiden zu ihrem Geburtstag einzuladen. Isabell beschloss aber, Elena von ihrer Beobachtung zu erzählen.

Leider vergingen mehrere Monate, bis das Mädchen wieder Gelegenheit hatte, Elena und ihren Sohn zu besuchen. Dabei erzählte sie der jungen Mutter, was sie gehört hatte. Pascal sah Isabell aufmerksam an, während sie redete, und versuchte, neben ihr auf die Couch zu klettern. Mit seinen vierzehn Monaten begann er nun, seine Umgebung gründlich zu erkunden. Isabell strich ihm sanft über die blonden Haare.

Elena war nicht besonders überrascht über Isabells Beobachtung. „Ich habe von Anfang an gemerkt, dass deine Mutter mich nicht leiden kann. Und mir war klar, dass es dafür keinen vernünftigen Grund geben kann, denn sie kennt mich ja gar nicht. Sie scheint, was dieses Thema angeht, ziemlich altmodische Ansichten zu haben."

Pascal hatte inzwischen die Couch, die kaum niedriger war als er selbst, erobert. Stolz saß er neben Isabell und wartete darauf, dass sie mit ihm spielen würde. Seine Mutter sah die Abenteuerlust in den Augen ihres Kindes. „Ich glaube, dein Typ wird verlangt.", meinte sie lächelnd zu Isabell. Diese holte einen Turm aus Bauklötzen vom Regal und setzte sich mit Pascal in seine Spielecke. Gerührt beobachtete Elena, wie liebevoll das zehnjährige Mädchen mit dem kleinen Jungen umging.

Bei Pascals zweitem Geburtstag war Isabell der Ehrengast. Der kleine Junge hatte so eine enge Bindung zu ihr aufgebaut, dass man die beiden für Geschwister halten konnte, wenn man sie zusammen sah. „Iba", rief er und rannte ihr auf seinen kleinen Beinchen entgegen. Noch immer war er so zart wie an jenem Tag, als Isabell ihn zum ersten Mal gesehen hatte. Trotzdem war er natürlich zu schwer, als dass sie ihn hätte hochheben können. Seine Tante Antonia und seine Cousine Jeanette waren ebenfalls eingeladen. Jeanette, die bei ihrem Vater lebte, war sogar aus Australien gekommen, um ihren Cousin endlich kennen zu lernen. Isabell konnte sich gut mit der um vier Jahre Älteren unterhalten.

Pascal, dem es langweilig wurde, beschloss kurzerhand, das Tortenessen in eine Tortenschlacht umzuwandeln. Er stemmte seine Hände mitten in die Sahnetorte. Nicht nur das Tischtuch, auch der Teppichboden zeigten anschließend Spuren von seiner Zerstörungswut.

„Das darf doch nicht wahr sein! Pascal, was soll denn das?", rief Elena, nahm ihren Sohn und ging mit ihm ins Badezimmer, um ihn zu waschen und ihm saubere Sachen anzuziehen. Antonia machte sich mit Hilfe ihrer Tochter daran, den Teppich zu säubern.

Isabell kam sich ein bisschen verloren vor. Um nicht tatenlos herumzustehen, ging sie mit der kaputten Torte in die Küche und legte die Stücke, die noch zu retten waren, auf einen großen Teller.

Elena und Pascal waren inzwischen wieder im Wohnzimmer. Der kleine Junge hatte offenbar die Lust aufs Kuchenessen verloren und sah schuldbewusst zu Isabell herüber. Sein trauriger Blick tat dem Mädchen leid. Aber Pascal musste begreifen, wann er einen Fehler gemacht hatte, dass war ihr klar. So ließ sie sich nicht erweichen und sagte zu ihm: „Schau mal, die Mama hat sich soviel Mühe gemacht mit den Kuchen und der Torte und ist jetzt ganz traurig!" Der kleine Junge begann zu weinen und lief zu seiner Mutter. „Mama, lieb han!", bat er unter Tränen. Da war die Welt wieder in Ordnung. Elena nahm ihren Sohn in die Arme und er beruhigte sich. Nun konnte man in Ruhe Kuchen essen.

Die Zeit verging, und bald war wieder Weihnachten. Pascal war nun drei Jahre alt und in diesem Jahr sollte zum ersten Mal der Weihnachtsmann kommen. Doch Elena stand vor einem Problem.

„Meine Nachbarn müssen alle für ihre eigenen Kinder den Weihnachtsmann spielen. Und jemanden buchen möchte ich auch nicht. Das finde ich irgendwie unpersönlich.", klagte sie Isabell ihr Leid.

Diese hatte spontan eine Idee. „Ich frage mal jemanden aus meiner Verwandtschaft. Ralf ist der Cousin meiner Mutter. Er ist 22 und wohnt noch zu Hause, aber seine Eltern fahren über Weihnachten weg. Sie haben eine Reise geschenkt bekommen und er hatte keine Lust, mitzufahren. Wäre doch schade, wenn er Heiligabend alleine zu Hause sitzen würde!"

„Das wäre wirklich toll, wenn das klappt. Er muss es natürlich nicht umsonst machen." „Ich denke, dass ist das kleinste Hindernis", meinte Isabell. „Er hat bestimmt Spaß daran, einem kleinen Jungen eine große Freude zu machen. Und seiner Mutter natürlich auch!", fügte sie hinzu.

Elena entging das Lächeln in Isabells Stimme nicht, obwohl sie per Telefon miteinander sprachen. „Kann es sein, dass du deinen Großcousin verkuppeln willst?" Das stritt das Mädchen entschieden ab. „Aber wer weiß, vielleicht versteht ihr euch ja gut."

Ralf war begeistert von der Idee. „Dann lerne ich endlich mal wieder jemanden kennen!" Isabell hatte das Gefühl, dass ihre spontane Idee tatsächlich Folgen haben könnte. Aber warum auch nicht? Man würde ja sehen, wie Elena und Ralf sich verstehen würden und wie sich alles entwickelte. Vorerst ging es ja nur darum, Pascal eine Freude zu machen, und das war auch für Isabell das Wichtigste.

Elena war extrem nervös an diesem Heiligabend. Zur Feier des Tages hatte sie ein dunkelblaues Seidenkleid angezogen, das ihre sehr weibliche Figur hervorragend zur Geltung brachte, ohne aufreizend zu wirken. Ihre langen dunkelbraunen Haare hatte sie offen gelassen, die natürlichen Locken ließen sich ohnehin nur schwer bändigen. Eine schlichte Silberkette mit einem kleinen Engel als Anhänger gab einen wunderbaren Kontrast zu dem Kleid und rundete ihr Erscheinungsbild ab.

Sie wartete fast noch gespannter auf den Weihnachtsmann als Pascal. Er hatte es vorgezogen, sich von seiner Aufregung abzulenken. Die junge Mutter hatte ständig Angst um ihren Christbaumschmuck.

Schließlich klopfte es dumpf an der Tür. „Das ist bestimmt der Weihnachtsmann!", sagte Elena zu ihrem Sohn. Der war schon zur Tür gerannt, konnte aber noch nicht an die Klinke reichen. Elena öffnete und sah Ralf zum ersten Mal – im Weihnachtsmannkostüm.

„Ho-ho-ho", sagte er mit tiefer Stimme zu dem Kind. "Bist du der Pascal?" Doch dem kleinen Jungen war der Anblick des großen, langbärtigen Mannes nicht geheuer. Schluchzend versteckte er sich hinter seiner Mutter. Diese hatte große Mühe, ihn zu beruhigen. „Der Weihnachtsmann tut dir doch nichts, Mops. Er ist ganz lieb und hat viele Geschenke für dich dabei!" Doch so schnell konnte der Kleine seine Angst nicht ablegen. „Mama, Mama..." rief er und rannte ins Wohnzimmer.

„Wie wäre es, wenn ich einfach das Kostüm ausziehe und der liebe Großcousin von der lieben Isabell bin?", meinte Ralf. Elena stimmte zu und bat ihren Gast herein.

Als der böse Weihnachtsmann dann verschwunden war und nur noch der Sack mit den Geschenken im Flur stand, war auch Pascals Neugier wieder geweckt. Der fremde Onkel, der da plötzlich neben seiner Mama saß, interessierte ihn gar nicht, er machte sich daran, den Geschenkesack auszuräumen. Dabei förderte er diverse Plüschtiere und Bilderbücher zutage. Doch das letzte Geschenk war zu schwer für ihn, er bekam es nicht aus dem Sack. „Ich glaube, jetzt muss auch die Mama einmal nachsehen, was der Weihnachtsmann so gebracht hat.", meinte Ralf zwinkernd. Elena war verblüfft. Sollte der fremde junge Mann ihr ein Geschenk machen? Zögernd nahm sie das Päckchen und begann, das Geschenkpapier zu lösen. Heraus kam ein Wellness-Paket mit Badekugeln, einer Massagebürste und anderen Utensilien. Außerdem fand sich noch ein Gutschein. „Einmal Babysitten. Damit die Mama sich auch mal erholen kann. Deine Isabell.", stand darauf.

„Na da hat sich mein kleines Cousinchen ja mal wieder was einfallen lassen.", schmunzelte Ralf. Pascal, der die Aufmerksamkeit wieder auf sich lenken wollte, kam auf Ralf zu und drückte ihm auffordernd eines seiner neuen Bilderbücher in die Hand. Lächelnd sah Ralf zu Elena, dann nahm der den kleinen Jungen auf seinen Schoß und schaute mit ihm das Bilderbuch an.

Elena war fasziniert von der Szene, die sich ihr bot. Es war sofort eine Vertrautheit zwischen ihr und Ralf entstanden, fast wie bei Isabell damals. Sie hätte am Liebsten die Zeit angehalten und diesen Moment ewig genossen.

Pascal hatte meist eine große Ausdauer und hätte zu gerne noch stundenlang seine neuen Bücher angeschaut. Aber auch für ihn war es ein aufregender Abend gewesen und so wurde er bald darauf müde. „Ich bringe Pascal ins Bett und bin dann gleich wieder da.", meinte Elena zu Ralf. Der nickte verständnisvoll und wünschte Pascal eine gute Nacht.

Als sie mit ihrem Sohn den Raum verließ, bemerkte Elena, dass ihr der junge Mann auf eine besondere Art und Weise sympathisch war. Seit dem Tod von Pascals Vater hatte sie dieses Gefühl nie wieder gespürt. Aber war sie wirklich darüber hinweg und bereit, sich auf eine neue Liebe einzulassen? Und so schnell? Immerhin hatte sie Ralf erst vor ein paar Stunden kennen gelernt.

Elena ahnte nicht, dass Ralf gerade Ähnliches durch den Kopf ging. Diese Frau war etwas Besonderes, dass war ihm sofort klar geworden. Auch der Junge war ein wahnsinnig liebes Kind, Isabell hatte vollkommen recht gehabt. Ralf hatte das Gefühl, hier schon dazu zu gehören. Aber durfte er sich auch so verhalten? Nach nur einem Abend?

Als Elena zurück ins Wohnzimmer kam, saß Ralf genau wie zuvor auf der Couch. „Wie wäre es mit einem Rotwein?", fragte sie ihren Gast. „Gerne!", erwiderte er lächelnd. Sie stellte zwei Gläser auf den kleinen Couchtisch und sagte dann: „Ich bin sofort wieder da!" Dann verließ sie die Wohnung und kam nach wenigen Minuten mit einer Weinflasche zurück.

„Warst du eben an der Tankstelle?", fragte Ralf aus Spaß. Dass er sie duzte, fiel Elena gar nicht auf, sie empfand es fast als selbstverständlich. „Ach weißt du, die Zapfsäule steht in meinem Keller!", erwiderte sie schlagfertig. Sie lachten beide.

„Nun kann ich ja auch die Kerzen anzünden. Wenn Pascal noch in der Wohnung herumläuft, ist mir das zu gefährlich." Doch Ralf war schneller, er hatte schon sein Feuerzeug gezückt. „Rauchst du?", wollte Elena wissen.

„Nein. Aber ich habe solche Kleinigkeiten wie ein Feuerzeug in der Tasche.", lächelte er. Während er die drei Kerzen auf dem silbernen Leuchter anzündete, nahm sie die Rotweinflasche.

Doch es gelang ihr nicht, den Korken aus der Flasche zu ziehen. „Lass nur, ich mache das schon.", bot Ralf an und nahm ihr die Flasche aus der Hand. Dabei berührten sich ihre Hände ganz kurz. Beide durchfuhr ein Kribbeln und sie wechselten einen schüchternen Blick. Ralf zog seine Hand langsam zurück und öffnete den Wein.

„Danke", hauchte Elena und nahm ihm die Flasche ab. Wieder berührten sie sich. Diesmal hielt Elena Ralfs Hand fest und lächelte sanft. Er erwiderte das Lächeln und rührte sich nicht. Ohne ihn loszulassen, schenkte Elena den Rotwein ein und nahm sich ein Glas. Ralf griff ebenfalls zu und sagte: „Auf den Heiligabend. Und auf einen magischen Moment!" Elena war sich plötzlich ganz sicher und erwiderte: „Hoffentlich der erste von unendlich vielen magischen Momenten!"

Isabell wartete gespannt auf Elenas Anruf nach den Feiertagen. Aber mit dem, was sie dann hörte, hatte sie nicht gerechnet.

„Na, wie fühlt man sich so als Verkupplerin?", fragte Elena statt einer Begrüßung. „Nee, oder?", entfuhr es Isabell.

„Doch. Und weißt du, was das Schönste ist? Pascal und Ralf haben sich auch vom ersten Augenblick an gut verstanden."

Elena fuhr fort: „Und danke für den Gutschein! Sieht so aus, als ob ich den schon bald mal einlösen müsste!"

„Wir haben heute eine Einladung!", erzählte Ralf. Elena sah ihn erschrocken an. „Werde ich jetzt ganz offiziell der Familie vorgestellt?"

Ihr Freund ließ sich seine gute Laune nicht verderben. „Nicht nur du! Meine Eltern und meine Schwester wollen natürlich auch Pascal kennen lernen!"

Als er ihr betretenes Gesicht sah, fügte er hinzu: „Keine Angst, das ist der nette Teil der Verwandtschaft." Doch damit wurde sie nur noch skeptischer. „Sind die anderen etwa alle Ekel?"

Genervt verdrehte Ralf die Augen. „Nun sei doch nicht so pessimistisch! Klar, es gibt ein paar Leute, die sicherlich nicht deine besten Freunde werden. Aber so spontan fallen mir da eigentlich nur zwei ein: Isabells Mutter, also meine Cousine, und ihre Mutter. Vor allem meine Tante hat ziemlich altmodische Ansichten. Sie ist ja auch zehn Jahre älter als mein Vater. Mein Onkel Steffen ist da ganz anders, er und mein Vater verstehen sich blendend. Früher haben sie mal zusammen in einer Band gespielt. Mein Vater saß am Schlagzeug und sein Bruder hat gesungen und Gitarre gespielt. Also wie gesagt, alles halb so wild. Vorerst sollst du ja nur meine Eltern und Ines kennen lernen, da hast du absolut nichts zu befürchten!"

Ralf schloss die Tür auf und stürmte ins Haus. „Wir sind da!", rief er fröhlich. Zögernd folgten Elena und Pascal ihm. Da hörten sie auch schon Schritte auf der Holztreppe. Von ihrer Neugier getrieben, kam Ralfs Schwester heruntergestürmt.

„Hallöchen!", rief sie und streckte Elena ihre Hand hin. „Ich bin Ines!" Elena erwiderte den Gruß und nannte ihren Namen. „Und du bist Mops, hab ich recht?", wandte sich Ines an den kleinen Jungen. Der schüttelte heftig den Kopf. „Ich bin Pascal!", stellte er richtig. „Nur Mama und Isa dürfen Mops sagen!"

Seiner Mutter war dieses Verhalten peinlich, aber Ines lachte herzlich. Inzwischen waren auch Ralfs Eltern in den Flur getreten.

„Na, hallo, ihr drei! Schön, dass ihr da seid!" Ralfs Mutter umarmte ihre Besucher innig. An Elena gewandt, fügte sie hinzu: „Ich bin die Katrin." Ihr Mann war nicht so temperamentvoll. „Grüß dich, ich bin Henry.", stellte er sich vor und gab Elena die Hand. Auch Pascal begrüßte er freundlich.

Mit einem derart herzlichen Empfang hatte Elena nicht gerechnet. Sie war gerührt von der Selbstverständlichkeit, mit der Ralfs Familie sie und ihren Sohn willkommen hieß.

Während Katrin und Ines in der Küche verschwanden, lief Henry voraus ins Wohnzimmer. Ralf gab Elena mit einer Handbewegung zu verstehen, dass sie ihm folgen sollten. Pascal fühlte sich bereits sehr wohl. Er ging wie selbstverständlich in den großen Raum und nahm selbstbewusst neben Henry auf dem Sofa Platz.

Die Kaffeetafel war bereits gedeckt. „Wir können uns ja schon an den Tisch setzen.", schlug Henry vor. Er konnte seinen Stuhl gerade soweit zurück ziehen, um sich zu setzen, ohne dabei mit dem Stuhl an das Sofa zu stoßen. Ralf setzte sich seinem Vater gegenüber. Elena hingegen blieb noch stehen und genoss den wundervollen Ausblick aus der Balkontür.

In diesem Moment kamen Katrin und Ines herein. Ines hatte ein Blech Wolkenkuchen gebacken und trug diesen nun auf einer rechteckigen Glasplatte herein. Katrin brachte die Kaffeekanne.

„Traust du dich nicht, dich zu setzen?", fragte Katrin scherzhaft. „Fühl dich wie zu Hause, schließlich gehört ihr beide jetzt zur Familie!" Elena lächelte und setzte sich an die liebevoll gedeckte Kaffeetafel.

„Habt ihr auch schon die Einladung für den Fasching bekommen?" Isabell spazierte mit Pascal und Ralf an der zugefrorenen Elbe entlang. Der Familien-Fasching bei Ralfs Onkel Steffen war seit Jahren Tradition.

„Klar. Elena wollte zuerst nicht, dass wir hingehen. Du weißt ja, wie sie zu deiner Mutter und vor allem zu deinen Großeltern steht. Aber ich bin der Meinung, dass wir uns jetzt erst recht nicht verstecken sollten! Wir sind zusammen, also zeigen wir das auch!"

Isabell konnte ein Grinsen nicht unterdrücken. Dieser Kommentar hätte von ihr selbst sein können. Sie freute sich, dass die Familie bei dem Fasching dabei war. Denn das waren die drei, eine Familie.

Sie entfernten sich ein Stück vom Flussufer und liefen über die verschneite Wiese. Nun gab es für Pascal kein Halten mehr, er wollte unbedingt laufen. Kaum hatte Ralf ihn aus dem Wagen gehoben, tobte der kleine Junge durch den Schnee. Isabell, von seinem strahlenden Gesicht angesteckt, lief hinterher. Übermütig warf sie sich in den Schnee. Pascal kam auf sie zu und jauchzte vor Vergnügen. Ralf sah dem Treiben der Kinder amüsiert zu. Mit einem wehmütigen Lächeln beobachtete er, wie unbeschwert die beiden in der weißen Pracht herumtollten.

Elena suchte nach passenden Kostümen für den Fasching. Ein Motto gab es nicht, und so hatten Ralf und sie beschlossen, dass sie als „Familie" auch Kostüme tragen wollten, die zueinander passten. Schließlich entschied sie sich für eine Königs-Kostümierung.

Als Ralf und Pascal nach Hause kamen, präsentierte sie ihre Einkäufe. Auch Isabell war dabei und zeigte sich begeistert von der Idee.

Pascal war schon dabei, sein Kostüm anzuprobieren. Sofort setzte er sich die Krone aus Pappe auf den Kopf. Bei dem dunkelroten Samtumhang hatte er allerdings Probleme. Bittend sah er zu Isabell.

„Warte, Mops, ich helfe dir.", sagte sie und band ihm den Umhang zu. Lächelnd beobachteten Elena und Ralf die Szene. „Er ist ja sowieso schon dein kleiner Prinz, nicht nur zum Fasching, oder?" Isabell gab ihrem Großcousin einen Puff in die Seite „Bist du etwa eifersüchtig, weil du nicht mehr so klein und süß bist?"

„Dafür ist er jetzt groß und süß!", erwiderte Elena und gab ihrem Freund einen Kuss auf die Wange.

Unter allgemeinem Gelächter setzten sie ihre Kostümanprobe fort. Ralf meinte süffisant „Fragt sich nur, wer hier wirklich das Zepter in der Hand hat!", worauf ihm seine „Königin" ein Kissen an den Kopf warf. Auch ihr Sohn und Isabell fanden diesen Schlagabtausch höchst amüsant und so entwickelte sich spontan eine Kissenschlacht.

Mit gemischten Gefühlen stiegen Ralf und Elena aus dem Auto. Nun sollten sie sich also zum ersten Mal auf einer Familienfeier als Paar zeigen. Dabei ahnten sie schon jetzt, wie die Reaktionen einzelner Gäste ausfallen würden: Sie würden süffisant freundlich sein und hinter vor-gehaltener Hand miteinander tuscheln. Nicht nur über Pascal, sondern auch über die 8 Jahre Altersunterschied, die zwischen den beiden Ver-liebten lagen. Aber sie wussten, dass sie sich dem stellen mussten. So traten sie Hand in Hand durch das Gartentor.

Elena nahm auch Pascal an die Hand. Er wäre am Liebsten schon voraus gerannt, da er Isabell entdeckt hatte. Sie hatte sich ein altes Hemd ihres Vaters und verschlissene Jeans angezogen. Eine braune Fellweste, ein Kopftuch und eine Augenklappe rundeten ihr Kostüm ab.

Isabell verstand, dass die junge Mutter ihren Sohn hier nicht einfach so losrennen lassen wollte. Alle drei standen heute Abend unter kritischer Beobachtung und das drückte auch bei ihr auf die Stimmung.

Der Gastgeber kam gerade aus dem Partykeller. „Hallo Ralf!", begrüßte er zunächst seinen Neffen. Dann wandte er sich an Elena. „Hallo, ich bin Steffen. Schön, dass du da bist! Wo hat sich denn dein Sohn ver-steckt?"

Dieser war nun doch ins Haus geflitzt und Isabell um den Hals gefallen. Verblüfft beobachteten die Umstehenden das Szenario.

Elena, die den vertrauten Umgang zwischen ihrem Sohn und Isabell kannte, unterbrach das Schweigen. „Die beiden sind wirklich ein Dream-Team.", meinte sie lächelnd.

„Solange sie nicht die große Schwester für ihn spielen muss.", warf Isa-bells Oma süffisant ein.

Ralf hatte mit derartigen Anfeindungen seitens seiner Tante gerechnet und versuchte, die Situation zu entschärfen. „Zu Hause ruft er jedenfalls immer nach Mama, wenn er hinfällt!"

Doch da mischte sich auch Isabells Mutter ein und die Diskussion ging weiter. „Wie kann ein kleines Kind mit drei Jahren in der Wohnung hin-fallen?"

Elena verlor die Nerven: „Wollen Sie mir unterstellen, ich würde mich nicht um mein Kind kümmern?"

Nun war es Isabell, die ihr zu Hilfe kam: „Jetzt tu mal nicht so, als ob ich als kleines Kind nie hingefallen bin!", wandte sie sich an ihre Mutter „Ich habe mich doch fast täglich lang gelegt. So was passiert nun mal! Da kann niemand was dafür, und Elena schon mal gar nicht!"

„Ich schlage vor, wir beruhigen uns jetzt wieder und gehen erst mal rein. Der kleine Prinz hat doch bestimmt auch Hunger, oder?", fragte der Gastgeber.

Pascal nickte schüchtern. Er hatte begriffen, dass die Erwachsenen sich gestritten hatten – und auch, dass das irgendwas mit ihm zu tun hatte.

Aber er verstand natürlich nicht, warum. Unsicher betrat er den Party-
keller und sah sich um. Der große Raum war mit Girlanden geschmückt.
Ein Tapeziertisch, auf dem eine Papiertischdecke lag, war an diesem
Abend zum Esstisch umfunktioniert worden.
Isabell war in einen Nebenraum gegangen und sah durch ein kleines
Fenster, in den Partyraum hinein. Der kleine Raum diente als Getränke-
lager bei Feiern wie dieser.
„Möchtet ihr was trinken?", rief sie den anderen zu. Ralf bestellte sich
ein Bier, Elena wollte ein Glas Bowle und für Pascal gab es Kinder-
bowle.
Während Elena bei Isabell die Getränke holte, brachten Ralf und sein
Onkel einen großen Topf herein und stellten ihn auf den Herd. Pascal,
der ebenfalls in der Küche bei „seiner" Isabell war, fragte neugierig: „
Sind da Toffen drin?"
„Nein, das sind keine Kartoffeln.", erklärte Ralf. „Da sind Würstchen
drin. Den Kartoffelsalat gibt es dazu." Er hob den Jungen hoch und ließ
ihn in den Topf schauen.

Drinnen lief jetzt Musik. Allmählich entspannte sich die Stimmung.
Ralfs Schwester Ines hatte einen Narren an dem kleinen Pascal gefres-
sen und tanzte mit ihm auf dem Arm durch den Raum.
Ralf unterhielt sich mit seinem Cousin, und so kam es, dass Elena plötzlich allein am Tisch saß. Wehmütig sah sie zu Ines und Pascal. Einerseits
war sie froh, dass ihr Sohn in der Familie ihres Freundes akzeptiert
wurde, zumindest von einigen Personen. Aber sie selbst saß immer noch
abseits.
Ralfs Mutter Katrin entging es nicht, dass die junge Frau Schwierigkeiten hatte, sich in Ralfs Familie einzufügen. Sie setzte sich zu der Freundin ihres Sohnes. „Alles in Ordnung bei dir?", fragte sie und nahm E-
lenas Hand.
„In meinem Kopf ist gerade ein bisschen Chaos. Du kannst dir ja vorstellen, warum."
„Mach dir nichts draus. Meine Schwägerin und meine Nichte sind eben
so. Isabell ist da völlig aus der Art geschlagen."
Elena lächelte. Es gab in dieser Familie offenbar doch einige Menschen,
die zu ihr hielten und sich nicht an irgendwelchen Vorurteilen störten.
Aber der indirekte Vorwurf, sie würde nicht genug auf ihr Kind aufpassen, es möglicherweise sogar in Gefahr bringen, hatte sie tief getroffen.
So sehr sie sich auch bemühte, sie würde an diesem Abend wohl nicht
in Party-Stimmung kommen.

Ralf betrachtete seine Freundin mit Sorge. Sie hatte sich von seiner Cousine provozieren lassen und war dabei in Rage geraten. Die Chancen, dass sie sich damit beliebt gemacht hatte, standen nicht besonders gut. Vor allem für Elena selbst war der Abend, der eigentlich sehr schön hätte werden können, durch diese unnötige Auseinandersetzung zu einer Farce geworden.

Es war Pascal, der seine Mutter wieder zum Lachen brachte. Ines hatte ihn auf einen Stuhl neben ihrer Mutter gehoben und nun war er dabei, Katrin seine Papp-Krone aufzusetzen. Es gelang ihm aber nicht, ihr das Gummiband unter das Kinn zu ziehen, und so riss der Gummi.

Verdutzt betrachtete Pascal das zerrissene Gummiband, dann sah er fragend zu seiner Mutter. Die Umstehenden lachten über den Enthusiasmus des kleinen Jungen. Elena aber sah, dass er kurz davor war, zu weinen, und stand auf.

„Das macht nichts, wir machen einfach ein neues Band dran.", schlug sie ihrem Sohn vor. Er nickte und sprang mit Hilfe seiner Mutter von dem Stuhl. Elena wandte sich an Steffen.

„Habt ihr eine Kordel oder so was?" Der Gastgeber lief voraus in die Party-Küche und holte eine Rolle mit Paketschnur aus einer Schublade. „Versuch es mal damit." Er nahm eine große Schere und ging wieder in den Partyraum. Mit der Schere schnitt er zwei Löcher durch die Krone, sodass Elena die Kordel durchziehen konnte. Dann setzte sie die Krone wieder auf die blonden Haare ihres Sohnes und verknotete das Band unter seinem Kinn.

„Danke." Der Junge war sichtlich erleichtert, dass sein Kostüm nun wieder vollständig war. Und schon war er wieder verschwunden.

In diesem Jahr freute sich Elena zum ersten Mal seit langem wieder auf ihren Geburtstag, denn nun war sie ja nicht mehr mit Pascal allein. Und er war jetzt auch in dem Alter, da er solche Feiern langsam begriff.

Pascal und Ralf waren gleichermaßen bemüht, diesen Tag besonders schön werden zu lassen. Pascal hatte direkt, nachdem Isabell ihm erklärt hatte, dass seine Mama Geburtstag feiern würde, begonnen, ein Bild für sie zu malen. Ralf hatte schon vor einigen Wochen die Kaufhäuser nach einem passenden Geschenk durchwühlt. Schließlich zog er Isabell zu Rate, sie kannte Elena schließlich sehr viel länger als er. Doch die entscheidende Idee kam von seiner Schwester Ines.

„Also, mir persönlich bedeuten große und teure Geschenke ja nicht so viel. Da lasse ich mich lieber von meinem Schatz verwöhnen!"

Elena hatte am Abend vor ihrem Geburtstag wieder einmal Stress. In ihrer Agentur glühten die Telefone. Trotzdem hatte sie sich den nächsten Tag zum ersten Mal seit Jahren freigenommen. Diesen Tag wollte sie ganz unbeschwert mit ihren beiden Männern verbringen. Selbst ihren dreißigsten Ehrentag im vergangenen Jahr hatte sich kaum gefeiert. Das sollte sich in diesem Jahr ändern. Und ihre Mitarbeiter würden auch einen Tag ohne sie sehr gut zurecht kommen, davon war sie überzeugt. Schließlich hatte sie einen kompetenten Stellvertreter.

Schnell überprüfte sie die aktuelle Auftragsübersicht. Die Flyer für das Volksfest in der Neustadt waren fertig, sie konnten morgen früh in die Druckerei. Auch mit den vielen kleineren Aufträgen, die sie momentan hatte, lag sie sehr gut in der Zeit.

Ralf hatte sie überreden wollen, ein verlängertes Wochenende zu machen. Er war der Meinung, es lohnte sich nicht, nach dem Wochenende einen Tag arbeiten zu gehen und dann gleich wieder einen Tag frei zu haben. Aber Elena wollte unbedingt noch einmal kontrollieren, ob auch wirklich alle Aufträge rechtzeitig fertig wurden. Schließlich gehörte die Werbeagentur ihr, sie hatte die Verantwortung für sämtliche Aufträge, auch wenn nicht alle von ihr selbst bearbeitet wurden.

Doch auf ihre Mitarbeiter konnte sie sich voll und ganz verlassen. Nachdem sie in den letzten Monaten beruflich sehr viel Stress gehabt hatte, freute sie sich nun auf einen freien Tag mit Ralf und ihrem Sohn.

Pascal konnte in dieser Nacht kaum schlafen. Ralf hatte ihm gesagt, dass der nächste Tag für seine Mama ganz besonders schön werden sollte.

Am Liebsten wäre der kleine Junge direkt aus dem Bett gesprungen, als er wach wurde. Doch in der Wohnung rührte sich noch nichts. Ralf war auch noch nicht da. Er hatte ja einen Schlüssel. Also drehte sich Pascal noch einmal um. Doch er konnte vor Aufregung nicht mehr schlafen und starrte nur die Wand an. Schließlich beschloss er, alleine auf die Toilette zu gehen und sich anzuziehen. Mama und Ralf würden sich freuen.

Barfuß und auf Zehenspitzen schlich er durch das Wohnzimmer. Dabei tastete er sich an der Wand entlang, denn seine kleine Taschenlampe wollte er nicht einschalten.

Plötzlich wurde es kalt unter seinen Füßen. Schnell ging er durch die kleine Küche weiter ins Bad. Dort konnte er jetzt auch seine Taschenlampe einschalten und legte sie auf die Heizung. Doch nun stand er vor einem Problem: Wie sollte er auf die Toilette kommen? Traurig setzte er sich auf den Läufer vor der Duschkabine. Wieder einmal war er zu klein! Pascal konnte es kaum erwarten, endlich so groß wie Isabell zu werden. Dann musste er nicht jedes Mal die Erwachsenen um Hilfe bitten.

In diesem Moment hörte er, wie die Wohnungstür leise aufgeschlossen wurde. Pascal nahm seine Taschenlampe und trat wieder in die Küche.

„Ralf!", flüsterte er.

„Pascal, was machst du denn um diese Zeit hier? Warum bist du nicht im Bett?", flüsterte Ralf zurück, ging mit dem Jungen in das kleine Bad und machte das Licht an.

„Wir wollten doch Mama überraschen. Ich auch. Und dich auch. Aber, aber, das Klo..." Um Pascals Mund begann es zu zucken. „Schon gut.", sagte Ralf deshalb schnell. Er half dem kleinen Jungen aus seinem Schlafanzug und setzte ihn auf die Toilette.

„Wenn du fertig bist, klopfst du gegen die Duschkabine, dann komme ich und helfe dir beim Waschen."

Nun war es um Pascals Fassung geschehen. „Das wollte ich doch alleine machen!", schimpfte er.

Ralf seufzte. In seiner Ersatz-Vaterrolle hatte er noch ein wenig Mühe. „Gut, dann machst du das alleine. Aber klopfen musst du trotzdem, damit ich dich herunterheben kann!"

Ralf hatte selbstgebackenen Bienenstich mitgebracht, Elenas Lieblingsgebäck. Nicht nur Pascal tat heute einen Schritt zur Selbstständigkeit. Bisher hatte der junge Mann das Backen immer seiner Mutter oder seiner Schwester überlassen. Doch nun hatte er ja eine kleine Familie. Obwohl Elena und er noch nicht lange ein Paar waren, fühlte Ralf sich für sie und Pascal ein Stück weit verantwortlich.

Nachdem er sich um den Jungen gekümmert hatte, kochte er Kaffee. Elena sollte heute mit einem richtigen Verwöhnprogramm überrascht werden, und das begann natürlich mit einem tollen Frühstück im Bett.

Den Kuchen legte er auf einen großen Teller und schmückte ihn mit Wunderkerzen. Am Tellerrand arrangierte er verschiedene Früchte.

Pascal kam aus dem Badezimmer. Sein T-Shirt hatte er falsch herum an, die Trainingshose war sehr weit hochgezogen. Doch Ralf beschloss, daran nichts zu ändern. Der Junge war stolz auf sein Werk und das wollte er ihm nicht gleich wieder kaputt machen.

„Hab ich ganz allein gemacht!", erklärte Pascal glücklich. „Toll, ganz super!", lobte Ralf. Er sah auf die Uhr. Es war inzwischen halb neun, er konnte Elena also guten Gewissens wecken. Doch das war gar nicht mehr nötig.

Sie stand in der Tür zum Wohnzimmer und beobachtete lächelnd, wie viel Mühe sich die beiden für sie gaben. Es fiel der jungen Mutter natürlich sofort auf, dass ihr Sohn sich offensichtlich ganz ohne Hilfe angezogen hatte. Doch weder Ralf noch Pascal, der unbedingt eine Vase aus dem Schrank holen wollte, woran ihn Ralf gerade noch hindern konnte, bemerkten sie. Ihr Freund stellte nun die Narzissen ins Wasser. In diesem Moment sah Pascal seine Mutter. Er stellte sich gerade hin begann: „Weil heute dein Geburtstag ist...". Elena und Ralf umarmten sich und sahen glücklich auf den kleinen Sänger. „Herzlichen Glückwunsch, mein Schatz!", sagte Ralf zärtlich und küsste seine Liebste. „Danke.", erwiderte sie lächelnd und löste sich sanft aus der Umarmung. Pascal holte inzwischen das Bild, welches er im Kindergarten gemalt hatte. Stolz hielt er es seiner Mutter entgegen. Sie legte es jedoch direkt beiseite, stattdessen nahm sie ihren Sohn in die Arme und hob ihn hoch. „Komm mal her, mein Süßer! Ich hab dich ganz doll lieb, weißt du das?" „Ja, aber nun guck dir doch mal das Bild an, das ich gemalt hab!" Pascal wurde unruhig. Elena nahm die Zeichnung und betrachtete sie. Stolz erkannte einmal mehr das zeichnerische Talent ihres erst drei Jahre alten Sohnes. Er hatte sich, seine Mutter und Ralf gezeichnet, offensichtlich auf einer Burg.

„So, und was fangen wir mit diesem wunderschönen Tag an? Worauf hat unser Geburtstagskind denn Lust?" fragte Ralf unternehmungslustig.

Elena hatte weniger Elan. „Ich würde mich am Liebsten gleich wieder hinlegen und einfach mal die Seele baumeln lassen."

Doch damit war Pascal nicht einverstanden. „Mama, du musst dich doch anziehen! Und ich auch!", bettelte er. Elena grinste zu Ralf herüber.

„Dein Sohn hat ein neues Hobby: Aus- und Umziehen!"

„Okay, dann üben wir das nachher mal. Aber zuerst möchte ich in Ruhe frühstücken!"

Mit diesem Kompromiss gab sich Pascal zufrieden. Elena ging wieder ins Bett zurück, Ralf zündete die Wunderkerzen an und folgte ihr mit dem Frühstückstablett. Auch Pascal nutzte die Gelegenheit, um zu seiner Mutter unter die Bettdecke zu kriechen.

Ralf stellte das Tablett auf dem Nachttisch ab und setzte sich zu seiner Freundin. Er nahm ein Stück Bienenstich und hielt es ihr hin. Genüsslich ließ sie sich füttern.

Von den beiden unbemerkt stibitzte Pascal gleich drei Weintrauben. Eine steckte er sich in den Mund, die anderen zwei versteckte er in seiner Hand.

Elena hatte die Augen zugemacht, da hatte sie plötzlich statt des erwarteten Kuchens eine Weintraube im Mund. Ihr Sohn amüsierte sich königlich über das überraschte Gesicht seiner Mutter.

Nach dem Frühstück beschloss Elena, ihren Geburtstag mit einem Bad zu beginnen.

„Ich lasse mich heute mal so richtig von euch verwöhnen!"

„Soll ich dir den Rücken schrubben, Schatzi?", fragte Ralf grinsend.

Mit einem Augenzwinkern verschwand seine Freundin im Badezimmer. In diesem Moment klingelte das Telefon. Elena rief „Jetzt nicht!" und so nahm Ralf das Gespräch an. Er war nicht überrascht, als sich seine Mutter meldete.

„Ich wollte nur mal dem Geburtstagskind gratulieren. Sie schläft wohl noch?"

Ralf verneinte dies. „Wir haben gerade gefrühstückt und meine Süße hat beschlossen, ihren Ehrentag mit einem Entspannungsbad zu beginnen."

Katrin ahnte, dass dieser Tag ein wenig stressig für ihren Sohn werden könnte. „Und du kommst klar mit deiner Papa-Rolle?", fragte sie mit einem amüsierten Unterton.

Statt Ralf antwortete Pascal, der in diesem Moment den Hörer an sich riss. „Ich hab mich heute ganz alleine angezogen!", berichtete er. Einen Kommentar dazu wartete er gar nicht erst ab, sondern war schon wieder im Wohnzimmer.

Lachend bemerkte Katrin: „Ich sehe, ihr habt alles im Griff! Der Kleine ist wohl auch froh, dass mal ein Mann im Haus ist, was?"

Nachdem Ralf sich eine Weile mit seiner Mutter unterhalten hatte, kam Elena, in einem weißen Bademantel, aus dem Bad.

„Ich reiche dich mal an das Geburtstagskind weiter."

„Also dann mach es mal gut. Wir sehen uns ja spätestens morgen."

Elena murmelte lächelnd „Ich hasse den Geburtstags-Stress!", als sie Ralf den Hörer aus der Hand nahm. Katrin hatte den Kommentar gehört, wusste aber, dass er nicht ganz ernst gemeint war.

„Dann zieh doch einfach den Stecker raus. Aber warte noch, bis alle durch sind mit anrufen.", erwiderte die Schwiegermutter in spe und grinste hörbar.

Während Elena sich mit Katrin unterhielt, sah Ralf nach Pascal. Dem war es inzwischen langweilig geworden, er hatte sich an den Couchtisch gesetzt und malte. Ralf sah ihm beeindruckt dabei zu. Der Junge konnte sich mit seinen drei Jahren schon hervorragend allein beschäftigen.

„Wen hast du denn gemalt?", fragte er.

„Rate doch mal."

Auf dem Papier waren drei Strichmännchen unterschiedlicher Größen. Eine davon hatte braune lange Haare und Ralf tippte, dass es sich hierbei um Pascals Mama handelte.

„Genau!", bestätigte der Junge. „Dann sind die anderen beiden wohl du und ich?", wollte Ralf wissen. „Ja. Und was machen wir?"

Neben den Menschen war eine blaue Fläche, die Ralf als Wasser deutete. Doch was die Punkte darauf zu bedeuten hatten, konnte er nicht sagen.

„Mama weiß es bestimmt.", war sich Pascal sicher. Seine Mutter hatte ihr Gespräch beendet und kam zu den beiden. „Was soll ich wissen?", fragte sie freundlich.

„Schau dir mal das Bild an.", forderte Ralf sie auf. „Pascal hat uns drei an irgendeinem See gemalt. Aber ich hab keine Ahnung, was die Punkte darauf darstellen sollen."

Die junge Mutter betrachtete das Werk ihres Sohnes und dachte einige Minuten nach. Gespannt beobachtete Pascal sie.

„Ich würde sagen, das sind Enten und wir füttern sie!" „Jawohl!" Pascal war begeistert, dass man seine Zeichnung deuten konnte. „Aber jetzt musst du noch sagen, wo das ist!"

Nun musste auch Elena passen. „Ich habe keine Ahnung. Man kann doch an so vielen Teichen und kleinen Seen Enten füttern."

„Wir können ja heute mal da hin fahren, dann zeig ich es euch!", schlug der Junge mit großen Augen vor.

Doch seine Mutter hatte keine Lust auf eine Fahrt ins Blaue. Sie bot an, den Ausflug am kommenden Wochenende nachzuholen. Damit gab sich Pascal schließlich zufrieden.

„Ich werde mir erst mal etwas Bequemes anziehen.", meinte Ralf. „Diese Jeans wird langsam ungemütlich." Er nahm eine mitgebrachte Plastiktüte und verschwand hinter dem Vorhang im Schlafzimmer.

Die Diskussion war kaum beendet, da klingelte es an der Tür. „Hast du noch jemanden eingeladen?", erkundigte sich Elena. Doch Ralf hatte auch keine Ahnung, wer ihr einen Überraschungsbesuch abstatten wollte.

Es klingelte erneut, diesmal fordernder. Genervt verdrehte Elena die Augen und stand auf, um die Tür zu öffnen.

„Schwesterherz, du warst auch schon mal schneller. Kommst wohl jetzt ins Alter?", rief Antonia scherzhaft statt einer Begrüßung und stürmte in die Wohnung.

Auf diesen überfallähnlichen Besuch waren weder Elena noch Ralf, der in diesem Moment in Unterhose im Wohnzimmer stand, vorbereitet. Er war noch immer nicht dazu gekommen, sich anzuziehen. Antonia musterte den Freund ihrer Schwester und bemerkte süffisant: „Ich komme wohl gerade ungelegen?"

„Wie man es nimmt.", murmelte Elena. Sie mochte ihre ältere Schwester, hatte sich allerdings auf einen ruhigen Tag mit ihrer Familie gefreut. Gegen Antonias Temperament kam sie jedoch nicht an.

Prompt schnitt diese ein Thema an, welches Elena an ihrem Geburtstag eigentlich vermeiden wollte.

„Wie läuft es in der Agentur? Du bleibst wohl heute zu Hause?"

„Ja, ich habe mir heute mal frei genommen. Es läuft sehr gut zurzeit. Wir haben viel zu tun. Aber meine Leute schaffen das auch mal einen Tag ohne mich."

Pascal stand aus seiner Spielecke auf und streckte seiner Tante die Hand hin. „Hallo, Tante Antonia!" Auch er mochte sie, ihr Temperament behagte dem Jungen jedoch nicht. Schüchtern zog er sich wieder zu seinen Spielzeugautos zurück.

Mit einer Spur Neid in der Stimme bemerkte Antonia: „Einfach mal zwischendurch einen Tag blau machen. So was kann man sich auch nur als Chefin leisten." Dieser Kommentar reizte Elena. „Du kannst dir das doch jederzeit erlauben!", erwiderte sie.

„Möchtest du vielleicht einen Kaffee?", wandte sich Ralf, der nun einen bequemen Trainingsanzug trug, an Antonia und unterbrach damit das Gespräch der beiden Frauen, das seiner Ansicht nach für seine Freundin gerade unangenehm zu werden drohte.

Elena hatte es aufgegeben, mit ihrer Schwester über Rechte und Pflichten zu diskutieren, die sie als Geschäftsführerin einer gut gehenden Werbeagentur hatte. Antonia selbst hatte sich aus dem Berufsleben bereits zurück gezogen. Sie hatte jahrelang in Melbourne gelebt, war mit einem Australier verheiratet gewesen und Mutter von zwei mittlerweile erwachsenen Kindern. Nach der Scheidung war sie nach Deutschland zurückgekehrt. Ihre Kinder blieben zunächst in Australien, den Sohn zog es allerdings bald in die Welt hinaus. Mittlerweile arbeitete er in Los Angeles bei einer Bank. Jeanette, die Tochter, studierte Pädagogik und besuchte ihre Mutter mindestens zweimal im Jahr. Obwohl sie ihren Hauptwohnsitz nach wie vor in Melbourne hatte, beabsichtigte Jeanette, spätestens nach dem Studium Antonia zu folgen.

„Habt ihr denn für heute etwas geplant oder wollt ihr einfach so in den Tag hineinleben?", wollte Antonia wissen. Ralf meinte, sie wären noch gar nicht dazu gekommen, Pläne zu machen, da Elena nach dem Frühstück zunächst einige Glückwünsche entgegengenommen habe. Diese konnte sich aufgrund seiner Übertreibung ein Schmunzeln nicht verkneifen.

Leider gab sich ihre impulsive Schwester damit nicht zufrieden. „Dann können wir uns ja jetzt überlegen, was wir anstellen." Nachdem Elena und Ralf einen vielsagenden Blick getauscht hatten, wurde Antonia ruhiger und fragte: „Oder soll ich euch Pascal heute abnehmen? Dann könnt ihr euch einen ganz romantischen Tag machen!"

Doch davon wollte die junge Mutter nichts wissen. „Wir wollen zu dritt einen schönen, ruhigen Tag verbringen. Vielleicht machen wir später noch einen Ausflug, aber das entscheiden wir spontan!"

Nach diesen eindringlichen Worten begriff Antonia, dass ihre kleine Schwester sie indirekt zum Gehen auffordern wollte, und stand auf.

„Ich habe heute auch noch einiges vor. Es wird Zeit, dass ich losfahre." Die Jüngere begleitete sie noch zur Tür. „Sei mir bitte nicht böse, aber ich habe mir diesen Tag mit Mühe freigeschaufelt. Heute möchte ich wirklich einmal keine Pläne machen, sondern einfach nur meine Ruhe mit den Beiden!"

Antonia lächelte verständnisvoll. „Mein Temperament geht manchmal mit mir durch, du kennst mich ja. Macht euch einen schönen Tag. Wir telefonieren dann wieder."

Die Schwestern gaben sich zum Abschied die Hand. Dann wurde es wieder ruhig in der Wohnung. Elena seufzte.

Ralf umarmte seine Freundin. „Sie meint es doch nicht böse." „Das weiß ich doch. Aber manchmal ist sie echt anstrengend."

Inzwischen war der Vormittag in vollem Gange.

Elena hatte jetzt doch Lust auf einen Ausflug. „Also, ich schlage vor, wir fahren einfach mal in Richtung Moritzburg und gehen irgendwo ins Restaurant. Und dann könnten wir einen schönen Spaziergang machen. Wie sind denn die Temperaturen?"

„Uns wird schon nicht kalt.", meinte Ralf und schlang von hinten die Arme um Elena. Sie lachten beide.

Pascal hatte verstanden, dass sie nicht zu Hause bleiben würden. „Umziehen!", forderte er. Elena nahm ihn glücklich auf den Arm und ließ sich rückwärts auf die Couch fallen. Sie tobten ein paar Minuten, auch Ralf kam dazu. Dann hatte Pascal genug und war im nächsten Moment an dem großen Kleiderschrank, welcher im Wohnzimmer direkt gegenüber der Vorhänge stand, die zum Schlafzimmer führten.

Elena lachte wie von einer Last befreit, öffnete den Schrank und gab ihrem Sohn seine Sachen. Erst jetzt bemerkte der Junge, dass das Motiv auf seinem T-Shirt seinen Rücken zierte, was eigentlich nicht sein sollte. „Halt!", rief er, zog das Shirt aus und wieder an, diesmal zeigte das Motiv nach vorne. „So, jetzt kann ich mich umziehen!" Seine Mutter und Ralf konnten sich vor Lachen kaum beruhigen.

Doch das störte Pascal überhaupt nicht. Unbeirrt begann er, sich auszuziehen und schlüpfte in die Socken, die Elena ihm mit den anderen Sachen auf die Couch gelegt hatte. Dann zog er sich die schwarze Jeans an. Ralf knöpfte ihm die Hose zu. Bei dem Pullover achtete der Junge ganz besonders darauf, dass er ihn richtig herum über den Kopf zog.

Stolz zeigte er seiner Mutter, was er geschafft hatte. Sie lobte ihn lächelnd und bat ihn, noch seine Spielecke aufzuräumen, bevor der Ausflug startete.

Schließlich waren auch Ralf und Elena umgezogen. Es konnte losgehen. Als sie das Haus verließen, fröstelte Elena kurz. Über Nacht hatte es wieder geschneit und die Temperaturen lagen um den Gefrierpunkt. Die Ausfahrt des Parkplatzes war schon freigeschaufelt worden. Pascal hatte eine dunkelgrüne Mütze über den Kopf gezogen und rannte begeistert auf den Schneehaufen zu. Übermütig begann er eine Schneeballschlacht mit Ralf. Seiner Mutter war nach derartigen Späßen überhaupt nicht zumute. Sie hatte sich bereits in ihren VW Polo gesetzt und die Heizung angemacht. Über den Innenspiegel sah sie den beiden zu, wie sie sich gegenseitig einseiften. Pascal trug einen wasserabweisenden Anorak, sodass sie sich keine Sorgen machen musste, dass er sich erkälten könnte.

Die Fahrt durch die Stadt verlief sehr ruhig. Unter der Woche waren keine Pendler unterwegs und der morgendliche Berufsverkehr war vorüber. Ralf hatte sich durchgesetzt, er durfte den Wagen seiner Freundin steuern. Unter Protest hatte Elena den Platz den Beifahrersitz ihres „Herzstückes" eingenommen.

Es ging bereits auf Mittag zu, und die drei beschlossen, zunächst in eine Gaststätte zu gehen, bevor sie weitere Unternehmungen planten. Pascal war sehr still geworden. Besorgt sah Elena zu ihm auf den Rücksitz und bemerkte, dass er eingeschlafen war. Die Aufregung des Morgens forderte ihren Tribut.

Sie ließen sich Zeit, und so dauerte die Fahrt etwa eine Stunde. Direkt nach dem Ortseingang entdeckten sie ein Gasthaus. Ralf parkte den Polo auf dem Gästeparkplatz. Skeptisch blickte der auf die dunklen Fenster der Gaststube. „Die haben entweder dienstags Ruhetag, oder der Laden existiert schon eine Weile nicht mehr!", war er sich sicher. Sein Missmut nervte Elena. „Alter Pessimist!", schimpfte sie und gab ihm einen Seitenhieb. Entschlossen stieg sie aus und lief voraus in Richtung des Eingangs. Nach einem kurzen Blick hielt sie den Daumen hoch und gab so Ralf und Pascal zu verstehen, dass das Restaurant geöffnet war und sie nachkommen sollten.

Arm in Arm betraten Elena und Ralf die Gaststube, Pascal lief neben seiner Mutter. Es war nur sehr wenig los an diesem Tag, und so hatten sie die freie Platzwahl. Elena und Pascal setzten sich auf die an der Wand befestigte Bank, Ralf nahm auf einem Stuhl schräg neben Elena Platz.

Eine junge Kellnerin brachte die Speisekarten. Elena las ihrem Sohn die Kinderkarte vor. Doch er hatte sich schon vorab entschieden. „Fleisch!" Das war bei ihm ein Schnitzel. Ralf hatte sich inzwischen Lachs mit grünen Nudeln ausgesucht und auch seine Freundin bestellte sich ein Fischgericht, sie entschied sich jedoch für Pangasius.

„Mama?", brachte Pascal plötzlich schüchtern hervor. „Ja?", gab sie zurück. „Ist dein Geburtstag schön?" Elena war wieder einmal gerührt über die Sensibilität ihres Sohnes und auch Ralf lächelte.

„Der Tag ist wunderschön!" bestätigte die junge Mutter und nahm Pascal in den Arm.

In diesem Moment kamen die Getränke. Elena und Ralf hatten sich einen Riesling bestellt, Pascal bekam Apfelsaft. Das Paar prostete sich zu. Es dauerte nicht lange, da wurde auch das Essen serviert. Mit großem Appetit ließen es sich die drei schmecken. Pascal hatte zu seinem Schnitzel Pommes frites und Erbsen auf dem Teller. Auch die kleine Salatbeilage ließ er nicht übrig. Seine Mutter genoss den zarten Fisch und auch Ralf hatte nichts auszusetzen.

„Habt ihr noch Lust auf ein Eis?", fragte Ralf, nachdem die Teller abgeräumt waren. Doch die beiden waren satt. Sie zahlten und machten sich auf zu einem Spaziergang.

Es hatte inzwischen wieder leicht zu schneien begonnen. Verliebt schlenderte das Paar um den Teich, der dem Schloss eine wunderbare Kulisse verschaffte.

„Hier würde ich gerne heiraten!", entfuhr es Elena. Ralf blieb stehen und sah seine Freundin an. Beide wussten in diesem Moment nichts zu sagen. Ein inniger Kuss besiegelte die Gedanken der beiden.

Plötzlich löste sich Elena aus der Umarmung. „Wo ist Pascal?", rief sie erschrocken. Doch es bestand kein Grund zur Sorge. Der Junge stand an einer Rasenfläche und blickte auf den Teich. „Keine Enten da, jetzt können wir ja gar nicht füttern!", schimpfte er. Ralf hockte sich neben ihn. „Die Enten sind jetzt da, wo es warm ist. Schau mal, der Teich ist ja zugefroren. Sie würden sich doch die Füße erfrieren und an ihr Futter kämen sie auch nicht!"

„Aber wieso ist es woanders warm und hier nicht?" Pascal verstand die Welt nicht mehr. „Das erkläre ich dir, wenn wir zu Hause sind.", antwortete Ralf geduldig.

Es schneite inzwischen stärker und so beschlossen sie, den Heimweg anzutreten. „Jetzt kommt der Kleine doch noch zu seinem Eis, wenn er auch nicht essen kann.", scherzte Ralf. Pascal war völlig fasziniert von der Winterlandschaft. Erstaunt stand er unter einer Buche und betrachtete er einige Eiszapfen, die an einem Ast herunterhingen. Ralf hob den Jungen hoch, sodass er sich das Naturwunder aus der Nähe betrachten konnte. Immer wieder fiel Elena die tiefe Vertrautheit zwischen ihrem Sohn und dem Mann, den sie liebte, auf. Sie war erst ein paar Monate mit Ralf zusammen und schon dachte sie ans Heiraten. Aber war sie sich wirklich sicher, dass sie mit ihm den Rest ihres Lebens verbringen wollte? Zwischen ihnen war alles perfekt, und für Pascal war Ralf schon zu einem Ersatz-Vater geworden. Doch noch immer stand die Kritik, die sie von Ralfs Verwandten erfahren hatte, zur Debatte. Konnten sie unter diesen Umständen wirklich an eine Hochzeit denken? Andererseits: Konnten sie es sich leisten, diesen Gedanken aufzuschieben? Seit Pascals Vater ums Leben gekommen war, wusste Elena, wie schnell alles zu Ende sein konnte. Was wäre mit Pascal, wenn ihr etwas zustoßen sollte? Sie beschloss, mit Ralf über dieses Thema zu sprechen.

Auf der Fahrt nach Hause schneite es immer dichter. Elena war froh, dass sie Ralf das Steuer überlassen hatte, denn sie fuhr nur sehr ungern bei so schlechtem Wetter. Er dagegen war sehr sicher und ruhig unterwegs. In Elenas Wohnung angekommen, drehte sie sofort die Heizung auf. Elena bereute es, am Morgen nicht daran gedacht zu haben. Pascal war schon wieder dabei, sich umzuziehen, während Ralf einen Kaffee ansetzte. Für Pascal kochte er Tee.

Elena verließ die Wohnung noch einmal, um ihren Briefkasten zu leeren. Als sie zurückkam, hatte sich etliche Geburtstagskarten in der Hand. Ihre Eltern aus München hatten ihr ebenso geschrieben wie ihr Neffe, der sich immer noch in Amerika aufhielt, und viele Freunde. Auch der Anrufbeantworter blinkte. Ralfs Schwester Ines gratulierte Elena. Ihre Nichte Jeanette in Melbourne hatte ebenfalls an sie gedacht. Als Letztes hörte Elena Isabells Stimme. „Ich hab euch lieb, ihr Süßen!", brüllte sie im Anschluss an ihre Geburtstagswünsche. Elena lächelte.

Pascal, der Isabells Stimme gehört hatte, fragte: „Wann kommt Isa wieder?"

„Wir können sie ja direkt mal zurückrufen. Was haltet ihr davon?", mischte sich Ralf ein. „Dann mach du das aber. Ich habe keine Lust auf ein Gespräch mit deiner Cousine!", entgegnete Elena. Ralf nahm seufzend das Telefon und begann zu wählen. Allmählich ging ihm dieser Zwist auf die Nerven. Doch nicht seine Cousine meldete sich am anderen Ende, sondern Isabells Vater. Er ließ es sich nicht nehmen, der jungen Frau ebenfalls zu ihrem Ehrentag zu gratulieren. Dann sprach sie mit Isabell.

„Ich stell dich mal auf laut, Mops möchte dich auch hören.", sagte Elena. Das Mädchen rief „Hallo, mein Süßer!", und schon war Pascal neben seiner Mutter. „Isa, wann kommst du her?", wollte er direkt wissen.

„Was hältst du davon, wenn wir uns nächstes Wochenende bei Henry und Katrin treffen? Sie haben heute früh angerufen und gefragt, ob wir am Wochenende zu ihnen raus kommen.", schlug Elena spontan vor.

„Das ist eine hervorragende Idee. Aber du kannst dir denken, dass ich dann nicht alleine kommen werde, oder?" Elena schluckte. Aber Isabell hatte recht. Sie gehörte zu dieser Familie, also musste sie wohl oder übel auch mit der Verwandtschaft ihres Freundes klar kommen. Er hatte alles mitgehört und nickte ihr zu. „Kein Problem!", sagte sie schließlich. „Dann machen wir es so. Am Samstag bei den beiden!"

Pascal merkte, dass das Gespräch beendet werden sollte, und rief „Tschüüüß!". „Wir sehen uns am Samstag. Macht es gut!", entgegnete Isabell.

Ralf staunte nicht schlecht, als er am folgenden Samstag Isabells Fahrrad vor dem Haus seiner Eltern stehen sah. „Bei dem Wetter fährt das Mädel mit dem Fahrrad?", wunderte sich auch Elena.

Obwohl Ralf einen Zweitschlüssel zum Haus seiner Eltern hatte, klingelten sie. Pascal war voller Vorfreude. Er verstand sich nicht nur mit Isabell, sondern auch mit Ralfs Eltern Katrin und Henry bestens. Für sie war er schon ein richtiges Enkelkind. Da spielte es auch keine Rolle, dass Ralf nicht Pascals leiblicher Vater war, denn er hatte ohnehin, seit er mit Elena zusammen war, von Anfang an die Vaterrolle für den Jungen übernommen.

Katrin öffnete die Tür und begrüßte die drei sehr herzlich. Elena hatte ihr ein Usambara-Veilchen als Gastgeschenk mitgebracht.

„Das ist aber lieb von dir! Danke!", freute sich Katrin. Sie traten in den Vorraum. Unzählige Schuhe standen wild durcheinander. Elena gefiel diese leichte Unordnung, sie schuf eine lockere und wohnliche Atmosphäre.

Pascal wollte sie gerade auf den gefliesten Boden setzen, aber seine Mutter hatte Angst, er würde sich erkälten. In der Ecke des kleinen quadratischen Raumes stand ein Tisch, auf dem eine Pflanze für eine angenehme Atmosphäre sorgte. Unter dem Tisch entdeckte Elena eine kleine Fußbank und fragte, ob Pascal sich darauf setzen dürfe.

„Natürlich! Warte, ich helfe dir.", antwortete Katrin und holte die Fußbank unter dem Tisch hervor. In diesem Moment trat auch Henry in den
Flur. „Grüßt euch! Komm her, Schwiegertochter.", meinte er lachend
und nahm Elena in den Arm.

Sie freute sich über den warmen Empfang. Nachdem Henry auch Ralf
und Pascal begrüßt hatte, meinte er zu dem Jungen: „Für dich habe ich
nachher eine Überraschung!"

Elena folgte Katrin in die Küche, während die beiden Männer mit Pascal
weiter ins Wohnzimmer gingen. Ralf war klar, dass Elena ganz bewusst
den Moment hinauszögern wollte, in dem sie zu den anderen Gästen
gehen würde. Was sie nicht wusste: Es war noch niemand weiter da.
Auch Ralf fiel das auf. „Ich habe gedacht, ihr habt noch mehr Besuch?",
meinte er fragend zu seinem Vater. Der winkte ab. „Du kennst doch
deine Cousine. Isabell war vorhin da, ihr habt bestimmt das Fahrrad
draußen stehen sehen. Sie ist mit Ines noch mal schnell in die Stadt gefahren, deine Mutter hatte irgendwas vergessen."

„Ich habe schon gedacht, das Mädel muss doch verrückt sein, bei dem
Schnee mit dem Fahrrad zu kommen!", sagte Ralf. Henry schmunzelte.
„Wir haben auch ziemlich blöd geguckt, als sie hier ankam. Aber was
soll sie machen, wenn ihre Mutter partout nicht kommen will? Isabell
wollte es sich auf keinen Fall entgehen lassen, euch und vor allen Dingen Pascal zu sehen."

„Ja, die zwei sind wirklich ein Herz und eine Seele. Ist aber auch kein
Wunder, Pascal war zwei Tage alt, als Isa ihn zum ersten Mal gesehen
hat."

Henry nickte. Dann meinte er: „Ich werde mal nach unseren beiden
Frauen schauen." Ralf folgte seinem Vater.

In der Küche schnitt Elena gerade einen Apfelkuchen an. Katrin war
dabei, die Sahne zu schlagen. In diesem Moment klingelte es an der
Haustür, einmal lang, zweimal kurz. Das war Isabells Klingelzeichen.
Auch Pascal, der bis dahin ruhig auf dem Sofa gesessen und gepuzzelt
hatte, wusste das und kam aus dem Wohnzimmer gerannt. Henry hatte
dem Mädchen bereits die Tür geöffnet. Doch bevor sie sich ihren Anorak ausziehen konnte, war ihr der Junge schon um den Hals gefallen.
Obwohl sie sich gerade mal eine Woche nicht gesehen hatten, war die
Begrüßung stürmisch wie eh und je.

Auch Ralf wollte sein „kleines Cousinchen" begrüßen. „Wo hast du
denn mein Schwesterherz abgegeben?", feixte er.

„Die kommt gleich, sie will ihr Auto oben vor das Tor stellen." Fuhr
man die Straße weiter hoch, gelangte man zu einem Hof, der Ralfs verstorbenen Großeltern gehört hatte.

„Aber jetzt muss ich erst mal meine liebe Elena begrüßen!" Damit war Isabell schon in der Tür zu Küche. „Hallo Mädels!", rief sie strahlend und umarmte zuerst Elena und dann Katrin. „Kann ich was helfen?" „Wir sind soweit fertig. Jetzt fehlt nur noch Ines." Diese kam gerade herein und überreichte ihrer Mutter zwei Päckchen Kaffeesahne.

„Hallo Schwesterchen, warum parkst du denn praktisch im Nachbarort?" Ralf ließ keine Gelegenheit aus, seine um zwei Jahre jüngere Schwester zu foppen. Doch sie war schlagfertig.

„Weil mir irgend so ein Depp die Einfahrt zugeparkt hat!", gab sie zurück. Dann galt ihre Aufmerksamkeit Pascal. „Hallo, kleiner Mann!", rief sie und hob den Jungen hoch. Er jauchzte vor Vergnügen.

Katrin und Elena deckten die Kaffeetafel im Wohnzimmer, Ines brachte die Kaffeekanne. Pascal und Isabell bekamen Kakao. Der ausziehbare dunkle Tisch stand normalerweise direkt an der Couch, aber der Raum war groß genug, um ihn ein Stück weiter in die Mitte zu schieben. Vor die Couch hatte Henry drei Stühle gestellt, auf denen nun Elena, Ralf und Ines Platz nahmen. Sie hatten von hier einen guten Blick durch das Fenster und die Balkontür.

Isabell saß an der Stirnseite des Tisches, zwischen Elena und Pascal. Er hatte einige Kissen auf seinem Stuhl liegen, damit er überhaupt über die Tischkante schauen konnte. Genau wie Isabell stürzte er sich auf den Wolkenkuchen, den Ines am Vormittag gebacken hatte.

Nach dem Kaffeetrinken wurde Henry unternehmungslustig. „Wer hat Lust auf eine Überraschung?", wandte er sich an seine Gäste. Pascal und Isabell waren sofort Feuer und Flamme. Schnell waren die drei im Flur und zogen sich Jacken und Schuhe an. Auch Elena, Ralf und Katrin folgten. Henry lief die Treppe zum Haus herunter und ging nach rechts um die Ecke, zielstrebig auf den Hundezwinger zu.

Ralf und Ines waren mit Hunden aufgewachsen. Zuerst hatten sie eine Schäferhündin gehabt. Diese starb, kaum dass ihr Mischlingswelpe aus dem Gröbsten heraus war. Doch auch dieser Hund war nicht alt geworden. Seitdem hatte der große Zwinger leer gestanden.

Isabell entdeckte zuerst, dass er wieder bewohnt war. „Ihr habt ja wieder einen Hund!", freute sie sich. Ein großer Mischling mit langem, hellbraunen Fell blickte die Besucher aus treuherzigen Augen an.

„Darf ich vorstellen: Lumpi.", erklärte Henry. Elena war das Tier auf Anhieb sympathisch. Sie stand am Zwinger und streichelte durch die Gitterstäbe den Kopf des Hundes. Der genoss diese Zuneigung sichtlich.

„Wir haben ihn aus dem Tierheim. Er ist wahrscheinlich schon alt, genau weiß das keiner. Ein ganz lieber Kerl."

„Wir können ihn ja mal mit in den Keller nehmen.", schlug Ralf vor. Dort hatten sie sich früher in den Wintermonaten oft mit dem Hund vergnügt.

Sein Vater ging voraus um das Haus herum und schloss die hintere Tür, welche direkt in die Kellerräume führte, auf. Als er zurückkam, brachte er eine Leine aus stabilem Leder mit. Elena war gespannt, wie der Hund reagieren würde, sobald sein Herrchen die Tür zum Zwinger aufsperrte. Doch Lumpi interessierte das gar nicht. Er stand ruhig da und wartete ab. Henry konnte ihn problemlos anleinen. Dann ging der Hund bereitwillig mit.

Die anderen folgten ihnen in den Keller, auch Ines war inzwischen wieder dazu gekommen. Henry befreite Lumpi wieder von der Leine, doch der dachte gar nicht daran, diese Freiheit auszunutzen. Er setzte sich neben Ralf und wartete ab, was die Menschen jetzt von ihm wollten.

Isabell ging zu dem Hund und begann, ihn zu streicheln. Das ermutigte auch Pascal, ein paar Schritte näher zu kommen. Zögernd strich er über das braune, zottelige Fell. Lumpi genoss es, im Mittelpunkt des Geschehens zu stehen und von allen Seiten verwöhnt zu werden. Der Junge fasste sofort Vertrauen zu dem tierischen Gefährten. Elena fand die Idee super. Wenn ihr Sohn schon kein eigenes Haustier haben konnte, so hatte er wenigstens hier einen Spielkameraden.

Nach einem wunderschönen Nachmittag machten sich Elena und Pascal schließlich auf den Heimweg. Ralf blieb bei seinen Eltern. Wieder einmal wurde den beiden bewusst, dass zwischen ihnen noch immer ein Graben klaffte. Schließlich fasste Elena den Entschluss, mit ihrem Freund sobald wie möglich über dieses Problem zu reden.

Ralf hatte diesen Tag sehr genossen, denn ihm stand eine stressige Woche bevor. Er musste sich eine Firma suchen, in der er ein Praktikum machen konnte, um seine Diplomarbeit vorzubereiten und zu schreiben. Er hatte sich aus einem Branchenverzeichnis eine Liste mit Ingenieurbüros und Maschinenbau-Unternehmen ausgedruckt, von der er nun zwischen den Vorlesungen eine Firma nach der anderen anrief. Schließlich bekam er bereits für Dienstagnachmittag einen Vorstellungstermin in einem Unternehmen, das Maschinen für die Lebensmittelverpackung herstellte.

Ralf beschloss, die letzte Vorlesung an diesem Tag zu schwänzen und fuhr nach Hause, um seine Bewerbungsmappe zusammenzustellen.

Katrin bemerkte natürlich, dass ihr Sohn früher als gewöhnlich von der Uni nach Hause kam. Aber sie sagte nichts dazu, denn sie sah ein, dass sie das nichts anging. Ralf war alt genug, um sein Leben selbstständig zu führen. Es war nicht das erste Mal, dass er eine Vorlesung ausließ. Aber sein Studium lief hervorragend. Schon auf dem Gymnasium war ihm das Lernen leicht gefallen und auch jetzt war er auf dem besten Weg, sein Studium sehr gut abzuschließen. Es bestand also kein Grund zur Sorge.

Nachdem Ralf sein Zimmer betreten und seinen Rucksack ans Fußende des Bettes geworfen hatte, setzte er sich direkt an seinen Computer. Es war schon eine Weile her, dass er zum letzten Mal Bewerbungen geschrieben hatte, deshalb war für ihn klar, dass er Anschreiben und Lebenslauf komplett neu verfassen musste.

Unter seinem Schreibtisch hatte Ralf sämtliche Ordner mit Zeugnissen und Referenzen aufbewahrt. Als er sich nun danach bückte, stieß er mit dem Kopf gegen die Tischkante. „Verdammt!" Seufzend griff er mit der linken Hand auf seinen Nachttisch und nahm seine Taschenlampe. Nun fand er auch den richtigen Ordner.

„Ich muss mir unbedingt was einfallen lassen mit diesem verdammten Tisch, überhaupt mit diesem ganzen Zimmer!", sagte er laut zu sich selbst.

„Komm aber bitte nicht auf die Idee, dass du nach oben ziehen willst. So lange, wie ich solo bin, denke ich nicht daran, hier das Feld zu räumen!", kam von der Tür her die Stimme seiner Schwester. Ralf drehte sich zu ihr um und stieß sich er sich erneut den Kopf an. „Aua!" Ines lachte schadenfroh, denn sie wusste, dass ihr Bruder sich nicht ernsthaft verletzt haben konnte. Dann half sie ihm aber auf die Beine.

„Ich bin echt am Überlegen, Elena zu fragen, ob wir zusammenziehen wollen!", sprudelte es aus Ralf heraus. Seiner Schwester blieb vor Überraschung der Mund offen stehen. „Moment mal, lass mich mal ganz scharf nachdenken.", begann sie, nachdem sie sich wieder gefasst hatte. „Ihr seid jetzt wie lange zusammen? Zwei Monate? Und du redest vom Zusammenziehen?"

„Jetzt fängst du schon wie unsere ach so nette Cousine an!", schimpfte Ralf. „Ich liebe diese Frau, und ich liebe ihren Sohn, und ich möchte jetzt mit ihnen zusammen sein! Wer kann schon sagen, was in ein paar Monaten oder Jahren ist? Keiner! Aber sollen wir deswegen keine Zukunftspläne machen dürfen?"

Ines zog es vor, sich zurückzuziehen. Im Grunde war es ihr egal, ob ihr Bruder mit seiner Freundin zusammenziehen würde oder nicht. Sie mochte Elena und Pascal sehr. Und wenn sich Ralf und Elena dafür entscheiden würden, ihr Leben miteinander zu verbringen, dann sollten sie das tun. Ob nun jetzt oder in ein, zwei Jahren, spielte ja eigentlich keine Rolle.

Ines beschloss, sich bei ihrem großen Bruder zu entschuldigen. Sie war eindeutig zu weit gegangen. Doch vorerst ließ sie ihn in Ruhe.

Ralf hatte den kleinen Disput mit seiner Schwester schon wieder vergessen. Er hatte inzwischen sein Bewerbungsanschreiben und den Lebenslauf ausgedruckt und war nun voller Enthusiasmus dabei, seine Bewerbungsmappe zusammenzustellen. Am nächsten Tag hatte er nur wenige Vorlesungen, sodass er vor seinem Termin auf jeden Fall noch mal nach Hause fahren und sich umziehen konnte.

Es war niemand zu Hause, als Ralf am nächsten Mittag die Tür aufschloss. Auch Henry war nicht im Haus. Ralf vermutete, dass er mit Lumpi unterwegs war. Rasch packte er seinen Rucksack aus und nahm seine schwarze Aktentasche aus dem Schrank. Da er sich dazu unter seine Hemden und Jacken, die im Schrank hingen, bücken musste, riss er prompt sämtliche Kleiderbügel herunter.

„Oh nein!" Das hatte ihm gerade noch gefehlt. In diesem Moment klopfte es an die Zimmertür. „Herein!"

„Kann ich dir helfen?", fragte Henry schon in der Tür, als er das Chaos vor dem Kleiderschrank erblickte. Offensichtlich hatten sie sich ganz knapp verpasst.

„Das kannst du. Ich brauche meine Ledertasche, ich muss mich noch umziehen – verdammt, was ziehe ich überhaupt an?"

Henry konnte sich ein Schmunzeln nicht verkneifen. „Jetzt mal eins nach dem anderen. Wann hast du deinen Termin?"

„Um halb vier"

„Dann hast du noch zweieinhalb Stunden Zeit. Ich schlage vor, suchst erst mal deine Tasche und packst alles zusammen. Dann isst du Mittag, und in der Zwischenzeit überlegst du dir, was du anziehst. Dann gehst du duschen und ziehst dich um. Das sollte doch in zwei Stunden zu schaffen sein, oder?", meinte der Vater mit einem Augenzwinkern.

Ralf lächelte fast schon erleichtert. „Wenn ich dich nicht hätte!", grinste er und holte die gesuchte Tasche aus seinem Schrank. Dann machte er sich daran, das Chaos aus Jacken, Hemden und Kleiderbügeln zu beseitigen.

Henry hatte indessen in der Küche eine Dose mit Eintopf aufgemacht und war dabei, diesen zu erhitzen. Als er schließlich „Essen ist fertig" rief, kam sein Sohn mit einigen Hemden und Krawatten in die Küche.

„Willst du wirklich so dick auftragen?", fragte Henry skeptisch. Ralf war sicher, sich ganz besonders schick kleiden zu müssen. „Ich gehe ja nicht in einen Supermarkt, sondern ich will Ingenieur werden. Also was meinst du?"

Henry war Ralf bei der Kleiderfrage behilflich. Sie entschieden sich schließlich für ein Hemd in einem sehr blassen Blau, welches sich sehr gut von Ralfs schwarzem Anzug abhob. Dazu wählte Ralf eine schwarze Krawatte mit einem zarten weißen Muster.

Nachdem Ralf nun für den Termin gut vorbereitet war, setzten sich die beiden Männer in die alte Sitzecke in der Küche und aßen den aufgewärmten Erbseneintopf. Ralf war aufgeregt, aber er aß wie immer mit gutem Appetit.

„Gehst du heute Abend zum Kegeln?", fragte Henry, um seinen Sohn auf andere Gedanken zu bringen. „Ja, ich denke schon. Am Freitag habe ich übrigens frei, deshalb fahre ich am Donnerstag schon zu Elena und Pascal!"

Das brachte Henry auf eine Idee. „Die zwei können doch auch her kommen und hier übernachten. Ines könnte doch mal eine Nacht in deinem Zimmer schlafen, dann habt ihr drei oben richtig viel Platz!"

Ralf war skeptisch. „Ich glaube nicht, dass Ines das mitmacht. Aber lass uns heute Abend darüber reden, ich muss mich jetzt umziehen!"

Bereits um halb drei verließ Ralf das Haus, obwohl er nur eine Strecke von 20 Kilometern vor sich hatte. Doch er vermutete, in den dichten Feierabendverkehr zu kommen und plante deshalb für die Fahrt etwas mehr Zeit ein. Es lag immer noch Schnee, sodass er auf der Landstraße sicher nicht so gut vorankommen würde.

Doch als er in seinen „Gott in Weiß", wie er sein Auto gern nannte, stieg und starten wollte, sprang der Motor nicht an. Ralf seufzte verbittert. „Heute geht aber auch alles schief!", fluchte er und stieg wieder aus. Das Küchenfenster war angekippt und er rief „Vati!" Da sah er Henry auch schon am Fenster.

Ralf zeigte auf sein Auto und machte seinem Vater anschließend mit einer Handbewegung deutlich, dass es nicht vom Fleck kam. Henry brachte ihm sofort seinen eigenen Autoschlüssel und versprach, nach der Ursache für den Defekt zu suchen. Nun konnte Ralf starten.

Er kam 15 Minuten zu früh auf dem Firmengelände an und sah sich zunächst um. Vor der Warenausgabe standen LKWs und warteten darauf, beladen zu werden. Aus seinen Recherchen wusste Ralf, dass das Unternehmen über 300 Mitarbeiter beschäftigte. Er betrat das große Foyer und ging direkt auf die Anmeldung zu. Die Dame hinter der blau-weißen Theke trug ein dunkelblaues Sweatshirt, welches mit dem Firmenlogo bedruckt war.

Ralf nannte seinen Namen und fragte nach einem Herrn Scheffler. Der Name war ihm bei der Terminvereinbarung genannt worden.

„Nehmen Sie bitte einen Augenblick Platz, ich melde Sie sofort an.", war die freundliche Antwort. Ralf setzte sich auf einen der modernen Besucherstühle, die mit einem schwarzen Stoff überzogen waren. Durch die Glasfassade beobachtete er die Mitarbeiter auf dem Firmengelände. Er musste jedoch nicht lange warten, als sich die Dame am Empfang wieder an ihn wandte.

„Herr Scheffler hat jetzt Zeit für sie. Die Treppe hoch und dann gleich links die zweite Tür."

Ralf bedankte sich und schritt die Treppe hinauf. An der genannten Tür wurde er bereits von einem bärtigen, sehr kräftigen Mann im dunklen Anzug erwartet. „Genau so habe ich mir den Chef einer so großen Firma vorstellt", schoss es Ralf durch den Kopf.

Die Begrüßung war kurz und kühl. Der Geschäftsführer wies Ralf einen Stuhl zu und setzte sich ihm gegenüber hinter seinen Schreibtisch.

Herr Scheffler studierte die von Ralf mitgebrachten Bewerbungsunterlagen ausführlich.

„Ich will gar nicht lange drum herum reden.", begann er dann. „Wir könnten tatsächlich einen guten Ingenieur gebrauchen, aber Sie werden ja selbst wissen, wie die Gehälter in der Branche sind. Verstehen Sie mich nicht falsch, aber jemanden, der sein Diplom schon in der Tasche hat, können wir uns zurzeit nicht leisten. Deshalb müssen wir auf Praktikanten zurückgreifen. Das soll nicht heißen, dass wir Sie als billige Arbeitskraft ausnehmen wollen. Ihre Noten an der Uni sind hervorragend. Wir bieten Ihnen ein Praktikums-Semester. In dieser Zeit können Sie sich auch auf Ihre Diplomarbeit vorbereiten. Wenn Sie sehr gute Arbeit leisten, besteht die Option auf eine Festeinstellung nach dem Diplom, je nachdem, wie die Auftragslage bis dahin ist und natürlich, wie gut sie ihre Arbeit machen. Was halten Sie davon?"

Ralf war überrascht. Er musste noch kein Wort sagen und hatte das Praktikum im Prinzip schon sicher. Natürlich stimmte er dem Angebot von Herrn Scheffler zu. Eine schriftliche Bestätigung sowie den Vertrag würde er in den nächsten Tagen per Post erhalten.

„Dann sind wir uns ja einig. Wir sehen uns dann am ersten Oktober zu Beginn des Wintersemesters. Auf Wiedersehen."

Ralf verabschiedete sich und verließ das Büro des Geschäftsführers. Noch in der Eingangstür des Foyers griff er zum Handy und wählte Elenas Nummer.

„Süße, ich habe es geschafft! Ich habe einen Praktikumsplatz! Gleich beim ersten Gespräch! Und stell dir mal vor, ich habe kein Wort gesagt!

Der Chef meinte direkt, dass sie dringend jemanden brauchen, aber keinen fertigen Ingenieur bezahlen können. Deswegen kann ich das Wintersemester im Praktikum machen!", sprudelte es aus ihm heraus.

Elena freute sich mit ihm. „Gratuliere! Das werden wir am Wochenende feiern, versprochen. Ich wollte sowieso was mit dir besprechen."

In Ralf kam ein Verdacht auf, aber er sprach ihn nicht aus. „Ich bin gespannt! Wir sehen uns übermorgen. Ich freue mich auf euch!" Sie erwiderte den Gruß. „Ich werde pünktlich Feierabend machen, versprochen. Bis dann, Schatz! Ich liebe dich!"

Auf der Heimfahrt musste er seinen Übermut zügeln. Doch kaum war aus dem Auto ausgestiegen, rannte er die Treppe zur Haustür hinauf und nahm dabei drei Stufen auf einmal.

Dann fiel ihm ein, dass er vergessen hatte, Elena von seinem kaputten Auto zu erzählen. Aber vielleicht hatte sein Vater den „Gott in Weiß" ja wieder auf Vordermann bringen können.

Ralf stürmte direkt ins Wohnzimmer, ohne die Schuhe zu wechseln. Seine Mutter war inzwischen von der Arbeit nach Hause gekommen. Doch weder Katrin noch Henry kamen dazu, irgendetwas zu sagen.

„Ich hab den Job! Ich kann im Wintersemester mein Praktikum machen! Das war kein Vorstellungsgespräch, das war eigentlich nur noch Formsache. Dem Chef haben meine Unterlagen so gut gefallen, dass er mir das Praktikum direkt angeboten hat. Mit Option auf eine Festanstellung nach dem Diplom! Und meine Diplomarbeit kann ich während des Praktikums in der Firma schreiben!"

„Herzlichen Glückwunsch, mein Junge!" Katrin und Henry umarmten ihren Sohn nacheinander. Zum Abendessen machte Henry eine Flasche Riesling auf, „zur Feier des Tages", obwohl es nur Brote und Salat gab. Katrin hatte, vom Erfolg ihres Sohnes beflügelt, ihrer Kreativität freien Lauf gelassen und eine Platte hergerichtet. Die belegten Schnittchen waren mit Petersilie und hartgekochten, geviertelten Eiern garniert.

Ines kam erst von der Arbeit, als die drei schon beim Essen saßen. Sie sah deprimiert aus.

„Welche Laus ist dir denn über die Leber gelaufen?", fragte Ralf mitfühlend und stand auf, um seine Schwester in den Arm zu nehmen.

„Sie setzen mich auf halbe Tage! Das Geschäft läuft seit einiger Zeit extrem schlecht. Wer braucht schon jede Woche neue Töpfe oder einen Dosenöffner?", klagte Ines.

„Und warum machst du dann noch Überstunden ohne Ende? Das ist ja heute nicht das erste Mal, dass du so spät kommst!", wunderte sich ihr Bruder.

„Da liegt ja der Hase im Pfeffer. Solche Sachen wie Ware auffüllen oder die Vitrine polieren könnte man ja eigentlich machen, wenn gerade kein Kunde im Laden ist – was ja oft genug der Fall ist. Aber nein, so was muss prinzipiell nach der Öffnungszeit geschehen! Und heute musste ich noch die Bestellungen fertig machen."

Ralf reichte seiner Schwester ein Glas Wein. Das brachte sie auf andere Gedanken. „Und wie war dein Termin heute?" Ihr Bruder erzählte von dem kurzen Gespräch und dass er das Praxissemester in der Tasche hatte.

„Na wenigstens bei dir läuft es wie am Schnürchen." Ines gönnte ihrem Bruder den Erfolg, ihre Stimmung besserte sich dadurch aber nicht.

„Ich war übrigens auch erfolgreich!", berichtete Henry seinem Sohn. „Dein Auto läuft wieder." Ines konnte sich einen kleinen Spott nicht verkneifen. „Ist der Gott in Weiß jetzt nur noch ein Halbgott?" Ralf quittierte diesen Spruch mit einem müden Lächeln.

Nach dem Essen bat er seinen Vater um ein Vier-Augen-Gespräch. Henry hatte sofort den Verdacht, dass es um Ralfs Beziehung zu Elena ging, obwohl er sich nicht vorstellen konnte, dass es zwischen den beiden ernsthafte Probleme gab. Deshalb fragte er zunächst behutsam nach: „Was brennt dir denn unter den Nägeln?"

Ralf begann zögerlich. „Eigentlich wollte ich ja erst mit Elena reden, aber ich möchte jetzt doch mal deine Meinung hören... so unter Männern." Henry schwieg geduldig. Da ließ sein Sohn die Katze aus dem Sack. „Ich möchte mit Elena und Pascal zusammenziehen!"

Henry war nicht überrascht. „Na das ist doch großartig! Dann solltest du Elena ganz einfach fragen, ob sie das auch will. Wenn ja, dann ist doch alles in Ordnung. Und selbst wenn nicht, ist das auch kein Drama. Auch dann wird irgendwann der Zeitpunkt dafür kommen." Ralf war seinem Vater dankbar für sein Verständnis und seine ruhige Art. Er machte aus nichts eine große Sache und sah die Dinge immer sehr logisch und einfach. Und im Grunde war es das ja auch. Er musste Elena einfach fragen.

Ralf ahnte nicht, dass seine Freundin zur selben Zeit mit Isabell über genau das gleiche Thema sprach. „Es wäre schon schön, wenn er jeden Tag da wäre. Unsere Beziehung läuft großartig, Pascal versteht sich ganz toll mit ihm, was will ich mehr? Dann wäre er auch endlich sein Zimmer bei seinen Eltern los. Der Raum ist ja viel zu klein, er kann sich kaum drehen darin!"

„Wo liegt also das Problem?", fragte Isabell verwundert. Elena lächelte. „Du hast ja recht, eigentlich gibt es keins. Aber was ist, wenn ich ihn mit dem Vorschlag total überrumple? Wenn ihm das alles viel zu schnell geht? Vielleicht denkt er ja auch, ich sehe in ihm nur den Ersatzvater für meinen Sohn!"

Isabell war ehrlich betroffen. „Das glaubst du doch nicht wirklich! Elena, ich bitte dich, Ralf liebt dich über alles und von dem Kleinen kann er auch nicht genug bekommen. Also frag ihn einfach!", forderte das Mädchen.

Elena blieb skeptisch. War es wirklich so einfach wie aus der Sicht einer Zwölfjährigen? Sie beschloss, sich etwas Besonderes einfallen zu lassen für den Moment, in dem sie mit Ralf über das Thema Zusammenziehen reden würde.

Als Ralf zwei Tage später Elenas Wohnung betrat, war alles dunkel. Er war verwundert, dass sie die Wohnung verlassen hatte, ohne richtig abzuschließen. Doch als er sich die Schuhe ausgezogen hatte, bemerkte er einen Lichtschimmer durch die geöffnete Wohnzimmertür. Er trat näher und sah, dass das Licht vom Kerzenschein auf dem Wohnzimmertisch kam. Elena saß in einem trägerlosen, weinroten Kleid, welches Ralf an ihr besonders liebte, auf der Couch und wartete auf ihn. Auf dem Tisch standen Jakobsmuscheln, Scampis und andere Köstlichkeiten.

Überrascht stand Ralf mitten im Raum und starrte auf den Tisch. Elena stand lächelnd auf, nahm seine Hand und führte ihn zur Couch. Sie setzte sich dicht neben ihren Freund und begann, ihn zu füttern. Er ließ sich das gern gefallen, griff nun seinerseits zu einer Jakobsmuschel und ließ Elena davon abbeißen. Sie lachten beide.

„So ein toller Service, daran könnte ich mich gewöhnen!", begann Ralf das Thema, welches beiden auf der Seele brannte. Seine Freundin spürte, dass sie beide auf das Gleiche hinaus wollten. „Wenn du willst, kannst du das öfters haben. Antonia kümmert sich sehr gerne um ihren Neffen!"

Jetzt war der richtige Moment, um die entscheidende Frage zu stellen, das wusste Ralf. Und so gab er sich einen Ruck und sprach es aus: „Wollt ihr beide, Pascal und du, mit mir zusammenziehen?"

Elena zögerte keine Sekunde, „Ja" zu sagen.

Das Paar stieß auf sein Glück mit Sekt an. „Wein wäre auch in Ordnung gewesen.", meinte Ralf bescheiden. Elena verstand die Anspielung. „Du meinst, so wie damals, an Weihnachten? Ist schon irre, das ist gerade mal knapp drei Monate her und mir kommt es schon vor, als hätte ich mein halbes Leben mit dir verbracht." Sie schmiegte sich glücklich an ihren Freund. Eng umschlungen ließen die beiden Verliebten diesen romantischen Abend ausklingen.

Am nächsten Morgen erwachte Elena auf der Couch. Ralf lag dicht neben ihr. Sie hatten zu zweit kaum Platz und entsprechend fühlte sich ihr Körper auch an. Trotzdem genoss sie den Anblick ihres selig schlafenden Freundes.

Sehr vorsichtig erhob sich Elena von ihrem Nachtlager. Ralf wachte dennoch auf und blinzelte seine Liebste verschlafen an. „Habe ich geschnarcht?", erkundigte er sich. Sie beruhigte ihn. „Kein bisschen. Sonst hätten wir beide wohl kaum so lange durchgeschlafen."

„Wie spät ist es denn?" Ralf schielte nach der großen Wanduhr über Pascals Spielecke, auf die er von der Couch aus einen guten Blick hatte. „Auf jeden Fall haben wir noch Zeit für einen Kaffee, bevor Antonia und Pascal kommen.", erwiderte Elena. Ralf erhob sich langsam von der Couch. „Autsch! Ich bin total verspannt. Es wird wirklich Zeit, dass wir zusammenziehen. Dann muss keiner mehr auf der Couch übernachten."

„Normalerweise wird sie vorher auch ausgezogen." Nun war Ralf plötzlich hellwach. Er lief zu seiner Freundin in die Küche und nahm sie sanft in den Arm. „Apropos Ausziehen: Eigentlich könnten wir den Kaffee auch später trinken, oder was meinst du?", flüsterte er. Doch sie ging auf seinen Verführungsversuch zunächst nicht ein. „Stimmt!", gab sie kess zurück. „Ich gehe mich jetzt duschen!" Bevor Ralf reagieren konnte, war sie schon in der Badezimmertür, drehte sich aber noch einmal um und fragte: „Kommst du mit?" Das ließ er sich nicht zweimal sagen. „Ich muss dringend aus den Klamotten von gestern raus!", sagte er grinsend und verschwand mit seiner Freundin im Bad.

Später saßen sie in Bademänteln an dem kleinen Couchtisch und frühstückten. Sie waren kaum fertig, als es an der Tür klingelte. Als Elena öffnete, fiel Pascal seiner Mutter sofort um den Hals. „Hallo Mops! Na, war es schön bei Tante Antonia?", fragte sie strahlend.

„Für ihn war es bestimmt schön. Aber frag mal, wie es für mich war!", gab Antonia schnippisch zurück. Ihre Schwester wunderte sich: „Was ist denn mit dir los?" In diesem Moment erschien auch Ralf im Flur, der sich bisher zurückgehalten hatte. „Hallo Antonia!", grüßte er betont locker. Das Gesicht der Besucherin entspannte sich und sie grüßte zurück. Doch dann hatte sie es eilig, zu gehen. Nach einem kurzen Abschied war sie wieder zur Tür heraus.

Elena kam die Sache sehr merkwürdig vor, sie kannte ihre Schwester so nicht. Behutsam wandte sie sich an Pascal, der noch im Anorak neben ihr stand und bis jetzt geschwiegen hatte.

„Magst du mir erzählen, was los gewesen ist?", fragte sie ihren Sohn und hockte sich dabei zu ihm hin, damit er ihr in die Augen sehen konnte.

„Es war nicht schön!", begann der Junge. „Eigentlich war ja gar nichts, aber Tante Antonia ist nicht so lieb wie du und Ralf und die anderen alle. Ich glaub, sie mag mich nicht. Dann hat sie mich immer gefragt, ob ich den Ralf mag und ob ich lieber mit Ralf alleine wäre, ohne dich! Oder ob ich lieber mit ihr und Ralf zusammen wäre!"

Elena stockte der Atem. Was hatte ihre Schwester vor? Wollte sie ihr den Freund ausspannen? Und was noch viel schlimmer war: Sie versuchte, ihr Kind zu manipulieren und verängstigte Pascal dadurch völlig! Sie musste unbedingt mit ihrer Schwester ein klärendes Gespräch führen!

Isabell ahnte von all dem noch nichts. Sie hatte ganz andere Probleme. Wieder einmal saß das Mädchen bei Ralfs Eltern in der Küche und weinte sich aus.

„Was habe ich denn an mir? Nach außen hin bin ich doch ganz normal. Ich bin doch eigentlich nicht anders als die anderen auch. Außer, dass ich im Sport nicht mitmachen kann. Aber ansonsten bin ich wie jedes andere Mädchen in meinem Alter! Oder etwa nicht?"

Katrin nahm ihre Großnichte in den Arm und versuchte, sie zu trösten. „Natürlich bist du nicht anders, schon gar nicht im negativen Sinn. Leider nehmen es viele Kinder in deinem Alter ganz genau damit, welchen Hintergrund das Leben jedes Einzelnen hat. Vielleicht sind sie auch einfach nur neidisch auf dich, weil du vom Sport befreit bist" Doch das war nach Isabells Ansicht nicht das Problem. „Die Leute aus der Klasse, mit denen ich schon die Grundschule gegangen bin, haben getratscht. Die haben rumerzählt, dass ich mir mit 9 Jahren manchmal noch in die Hosen gemacht habe. Ist ja auch peinlich, aber ich kann doch nichts dafür! Ich bin ja schon froh, dass das inzwischen nur noch selten passiert und so gut wie nie in der Schule. Aber das muss ich nun mein ganzes Leben lang mit mir rumtragen!" Sie schluchzte verzweifelt.

Katrin überlegte fieberhaft, wie sie Isabell aufmuntern könnte.Sie wusste, dass sie schon seit Beginn der Schulzeit von ihren Mitschülern gemobbt wurde. Aber zurzeit schien es besonders schlimm zu sein. So aufgelöst hatte sie ihre Großnichte noch nie gesehen.

Doch es kam ihr eine Idee, wie sie dem Mädchen wieder Selbstvertrauen geben könnte. „Ich bin ja mal gespannt, ob Ralf und Elena nächste Woche eine passende Wohnung finden. Sie haben gleich mehrere Besichtigungstermine."

„Nehmen sie Pascal denn auch mit?", fragte Isabell. Davon war Katrin überzeugt. „Ihm muss es ja auch gefallen. Kinder haben manchmal viel mehr Gespür dafür, was gut ist und was nicht. Wenn sie gleich etwas Passendes finden, können sie vielleicht Ostern schon umziehen!"
Isabell begriff, worauf Katrin hinaus wollte. Sie wollte sie mit dem Thema nicht nur ablenken, sondern ihr auch begreiflich machen, dass sie gebraucht wurde, dass sie etwas wert war. „Im Schränke aufbauen sind Ralf und ich ja ein eingespieltes Team! Das wird bestimmt ein Spaß, wenn auch Pascal mit dabei ist!"

Tatsächlich kamen die drei eine Woche später strahlend von ihrer vierten Wohnungsbesichtigung. „Das ist sie! Das ist unsere Wohnung! Einfach traumhaft!", schwärmte Ralf. Auch Elena war begeistert. „Vier Zimmer, unter dem Dach, schräge Wände, ein großes Bad, viele Fenster, vor allem im Wohnzimmer an der Schräge, bezahlbar ist sie auch – was wollen wir mehr?"
Henry sah an den glücklichen Gesichtern der beiden, dass sie diese Wohnung auf jeden Fall beziehen würden. „Wo ist die Wohnung denn?"
„Etwa drei Kilometer stadtauswärts von meiner jetzigen Wohnung. Man wohnt dort viel ruhiger. Pascal hat endlich sein eigenes Zimmer. Und mit dem, was ich durch die Agentur angespart habe, können wir uns eine Eigentumswohnung auch leisten!" In Gedanken sah Elena schon die Einrichtung ihrer neuen Wohnung.
Ralf dachte momentan eher praktisch. „Ich werde natürlich meinen Bausparvertrag auflösen. Dass du die Wohnung alleine bezahlst, kommt gar nicht in Frage. Das Geld werden wir sowieso brauchen, einige Sachen müssen wir ja garantiert neu anschaffen. Die Küche zum Beispiel. Und das verschlingt auch schon eine ganze Menge!"
Nun war auch Elena voll in der Planung des Umzuges. „Was meinst du, brauchen wir ein Umzugsunternehmen?" An diesem Punkt mischte sich Henry ein. „Auf keinen Fall! Wir haben doch genug Verwandtschaft, die können ruhig mal am Karfreitag alle mit anpacken. Was den Transport angeht, da kann euch Steffen einen Hänger besorgen. Das ist kein Problem."
Sein Sohn war schon am Telefon. „Ich rufe ihn gleich mal an." Er wartete und schon meldete sich jemand. „Hallo, Onkelchen!", begrüßte Ralf ihn. „Wir bräuchten da mal deine Hilfe."
Elena machte sich in der Zwischenzeit daran, eine Liste zusammenzustellen, was alles noch besorgt werden musste. Katrin fiel derweil etwas ganz anderes auf: „Was ist denn mit dem Kleinen los? Er ist ja direkt hoch zu Ines gegangen." Elena sah von ihrer Liste auf. „Er ist müde und

möchte noch einen kleinen Mittagsschlaf halten.", antwortete sie. „Zurzeit ist er ziemlich sensibel."

Katrin fragte nicht weiter, denn Ralf hatte ihr von dem Zwischenfall mit Antonia erzählt. Sie verstand auch nicht, wie man ein Kind derart verunsichern konnte, hielt sich aber heraus, da dies eine Sache zwischen Elena und ihrer Schwester war.

Da Antonia nicht zu erreichen war, hinterließ Elena ihrer Schwester eine Nachricht mit der Bitte, so schnell wie möglich bei ihr vorbei zu kommen. Tatsächlich stand sie am selben Abend vor der Tür.

„Was gibt es denn so Wichtiges?", fragte Antonia genervt. „Ich habe zu tun!" Doch das interessierte Elena nicht im Geringsten. „Kannst du mir mal verraten, was du vorhast? Warum redest du Pascal so einen Mist ein?" Antonia beschloss, nicht auf dumm zu machen, sondern ihre Schwester mit einem Satz abzufertigen. „Du hast so einen tollen Mann gar nicht verdient!" Damit war sie zur Tür hinaus.

Nun waren alle mit dem bevorstehenden Umzug beschäftigt. Auch Isabell wurde in die Planung mit einbezogen. Sie genoss das Gefühl, gebraucht zu werden und zu helfen zu können, sichtlich.

Schließlich konnte mit der Renovierung und Einrichtung begonnen werden. Pascals Zimmer war zunächst weiß gestrichen worden. Da der Junge sich nicht entscheiden konnte, welche Farbe in seinem Zimmer vorherrschen sollte, war Isabell eine Idee gekommen. Sie hatte verschiedene Farbtuben besorgt, die sie nun in Pascals künftigem Zimmer auf den Boden legte.

Außer der weißen Wandfarbe war in dem Zimmer noch nichts gemacht worden, auch der alte Parkettboden war noch nicht mit Teppich ausgelegt. Isabell holte außerdem einen Eimer mit Wasser und zwei Schutzanzüge aus Plastikfolie, die sie und Pascal sich anzogen. Auch Einweghandschuhe hatte sie besorgt. Was noch fehlte, war ein Pinsel, doch der fand sich schnell. Die beiden bestrichen ihre durch die Handschuhe geschützten Hände mit Farbe und drückten sie gegen die Wand. Auch alle anderen Helfer wurden dazu geholt und durften sich in Pascals neuem Kinderzimmer verewigen.

Stolz betrachteten Isabell und Pascal ihr Gesamtkunstwerk. Sämtliche Wände des Zimmers waren bunt – und die beiden Künstler hatten ebenfalls gute Bekanntschaft mit der Farbe gemacht. Aber das störte die zwei nicht, denn durch die Schutzanzüge konnte die Farbe nicht auf ihre Sachen gelangen. Ralf hatte ihnen außerdem noch Hüte aus Zeitungspapier gebastelt.

Elena musste diesen amüsanten Anblick unbedingt festhalten und griff zum Fotoapparat. Wie sich später herausstellte, war das Bild jedoch völlig verwackelt, denn sie hatte sich vor Lachen kaum halten können.

Der Junge war glücklich mit seinem individuell gestalteten Zimmer. Eifrig half er nun Henry und Ralf, den Tapetenleim für das neue Wohnzimmer anzurühren. Ralf und Elena hatten sich dafür entschieden, sämtliche Zimmer zu tapezieren, statt die Wände zu streichen.

Die Küche war bereits fertig, nur der Strom war noch nicht angeschlossen. Ralfs Onkel Steffen, der den LKW organisiert hatte, in dem die drei ihr Hab und Gut transportieren konnten, brachte in diesem Moment einen großen Topf mit Bockwürsten herein. Katrin hatte Kartoffelsalat gemacht.

„Wie beim Fasching, nur mehr Arbeit!", meinte Elena. Isabell lachte. „Aber die Kostüme sehen heute viel besser aus!"

Das Essen ließen sie sich aus Plastikschüsseln schmecken. Auch die Gabeln waren aus Plastik. Da es in der Wohnung noch keine Sitzgelegenheiten gab, aßen fast alle im Stehen. Isabell und Pascal hatten sich auf den mit Pappe ausgelegten Boden des Wohnzimmers gesetzt.

Ralf, Henry und Steffen hatten beschlossen, zunächst die komplette Wohnung zu tapezieren, sodass Pascal und Isabell momentan nicht viel tun konnten. Die beiden entschieden sich, den Spielplatz vor dem Haus zu inspizieren.

Während die Männer das Wohnzimmer tapezierten, machten sich die Frauen daran, im Kinderzimmer die neuen Möbel aufzubauen. „Jetzt hätten wir Isabell gebrauchen können, die hat Übung darin!", seufzte Ines. Ihre Mutter war durchaus optimistisch. „Das werden wir schon hinkriegen. So schwer kann das doch nicht sein. Außerdem gibt es doch eine Anleitung dazu!"

Ganz so einfach, wie Katrin sich das dachte, war es in der Praxis doch nicht. Als Isabell und Pascal zurückkamen, standen aber alle Möbel in seinem Zimmer am richtigen Platz. Der helle Kleiderschrank war passend zum neuen Hochbett, an dessen Pfosten ein Vorhang befestigt werden würde. In diesem kleinen Raum im Raum waren einige Spielsachen des Jungen untergebracht. Dorthin konnte er sich zurückziehen, aber auch die Vorhänge umschlagen, damit das Tageslicht hineinfiel.

Bevor der Junge jedoch seine Kisten auspacken konnte, mussten diese erst einmal gefunden werden. Elena beschloss, das Auspacken auf den nächsten Tag zu verschieben. Es gab ohnehin noch genug zu tun. Im Wohnzimmer fehlte die Lampe, die neue Schrankwand war noch nicht geliefert. Ralf und sein Cousin waren noch dabei, den Teppichboden zu verlegen. Nichts war richtig fertig und das störte Elena gewaltig.

Ralf dagegen sah die Arbeiten voll und ganz im Zeitplan. „Wir können doch nicht jedes Zimmer einzeln fertig machen. Dann haben wir am Ende ein Zimmer für alles, aber wir wollen doch alle Räume gleichzeitig nutzen! Wenn morgen die Möbel kommen, sind wir übermorgen mit allem fertig und können ganz entspannt unser neues Zuhause genießen." Er küsste seine Freundin auf die Stirn.

Ralf behielt recht. Am nächsten Abend waren in sämtlichen Räumen die Möbel aufgebaut. Auch die Elektrik funktionierte, darum hatte sich Isabells Vater gekümmert. Somit mussten nur noch Kleinigkeiten erledigt werden.

Katrin und Elena brachten am Morgen des dritten Umzugstages die Fenstervorhänge im Wohn-, Kinder- und Schlafzimmer an. Auch Pascals Hochbett bekam seinen Vorhang. Sämtliche Kisten waren ausgepackt.

„So, das war es.", sagte Elena mit einem tiefen Seufzer und umarmte ihren Freund. Auch Pascal kam hinzu. Die drei waren glücklich, dass sie nun in ihre gemeinsame Zukunft starten konnten. Ihre Helfer waren schon nach Hause gegangen, nicht ohne vorher mit der jungen Familie auf ihr neues Heim anzustoßen.

Ralf öffnete Isabell mit einem ernsten Blick die Tür. „Was ist denn mit dir los? Du siehst ja aus, als hätte Pascal mit seinen Buntstiften nach dir geworfen!", scherzte das Mädchen und folgte ihm ins Wohnzimmer. Elena war noch bei der Arbeit in ihrer Agentur.

Ralf ging nicht auf den Spaß seiner Großcousine ein. „Es wird Zeit, dass ich mein Diplom in der Tasche habe und endlich selber Geld verdienen kann. Zuerst war ich von meinen Eltern abhängig und jetzt füttert Elena mich durch!"

Isabell kannte dieses Gefühl und machte ihm Mut. „Du hast es ja bald geschafft. Durch das Praktikum hast du dir doch eine optimale Grundlage für deine Diplomarbeit geschaffen. Und wer weiß, vielleicht übernehmen sie dich ja wirklich, sobald du fertiger Ingenieur bist."

Ralf kannte Isabell gut genug, um zu wissen, dass sie selbst nur selten so optimistisch dachte. Aber ihre Worte taten ihm gut. Er wusste, was sie erlebt hatte und immer noch durchmachte. Umso wichtiger war es für ihn und Elena, dass sie immer auf das Mädchen zählen konnten.

Pascal hatte Isabells Stimme gehört und kam aus seinem Zimmer. „Huhu Isa!" Die beiden fielen sich in die Arme.

„Ich muss dir was erzählen!", rief der Junge aufgeregt, nahm Isabell bei der Hand und führte sie in sein Kinderzimmer. Das Mädchen war begeistert. Pascal hatte jetzt richtig viel Platz zum Spielen und später auch für seine Schularbeiten. Aber das hatte ja noch viel Zeit.

Seine Euphorie war nicht zu stoppen. „Ich gehe bald in den Kindergarten!", erzählte er begeistert. Isabell freute sich mit ihm. Der lebhafte Junge brauchte den Kontakt zu Gleichaltrigen. Für Elena und Ralf würde es auch eine Erleichterung sein, Pascal tagsüber betreut zu wissen.

So begann auch Isabell zu strahlen und rief: „Das ist ja super! Dann musst du mir aber immer erzählen, was du erlebt hast, okay?"

„Das mache ich. Bestimmt werden wir auch malen und basteln. Das Erste, was ich basteln werde, bekommst du geschenkt! Versprochen!"

Pascals Euphorie weckte in Isabell viele. Nie war sie so unbeschwert gewesen, auch nicht in seinem Alter. Noch schlimmer wurde es allerdings mit Beginn der Schulzeit.

Isabell war angst und bange vor der anstehenden Schuluntersuchung. Bereits vor dem Schulanfang hatte sie sich untersuchen lassen müssen. Das war schon unangenehm genug gewesen. Aber nun ging sie in die Schule und musste diese Prozedur wieder über sich ergehen lassen. Und einige ihrer Mitschülerinnen standen dabei und beobachteten, wie die Krankenschwester einen Sehtest mit ihr durchführte.

Dass sie kurzsichtig war, wusste sie. Das sagte der Augenarzt auch immer, zu dem sie zweimal im Jahr mit ihrer Mutter gehen musste. Das hing irgendwie mit dem Schlauch in ihrem Kopf zusammen. Aber deswegen eine Brille tragen? Auf gar keinen Fall! Dann würden die anderen Kinder sie ja noch mehr ärgern.

Nachdem der Sehtest überstanden war, musste Isabell zu der Ärztin in den Nebenraum. Zögernd ging sie hinein und stand einer grobknochigen, dünnen Frau gegenüber. Aber wenigstens hatte sie jetzt keine Zuschauer.

„Na dann zieh dich mal aus!", forderte die Ärztin sie auf. „Die Unterhose kannst du anbehalten." Das war für Isabell nicht gerade ein Trost. Missmutig zog sie ihre Sachen aus, setzte sich auf die Untersuchungsliege und verschränkte schüchtern die Arme vor der Brust.

Die Ärztin wusste aus der Schulakte von Isabells Inkontinenz und der Fehlstellung ihrer Füße. Mit leichtem Druck tastete sie die Wirbelsäule des Mädchens ab und forderte sie dann auf, ein paar Schritte zu laufen.

Isabell tat, was von ihr verlangt wurde, und spazierte in dem winzigen Raum auf und ab.

Die Ärztin fragte: „Hast du eine Lähmung?" Unter diesem Begriff kannte Isabell nur Menschen, die nicht laufen konnten und im Rollstuhl saßen. Sie konnte aber laufen. Warum stellte die Ärztin ihr dann so eine Frage?

„Nein!", gab das Mädchen mit fester Stimme zur Antwort. Die Ärztin ließ sie noch einmal durch den Raum gehen und tastete anschließend die Füße ab.

„Doch!", sagte sie plötzlich. „Du hast eine spastische Lähmung!" Isabell war den Tränen nah. Auch das noch! Sie hatte doch schon genug Krankheiten, weswegen sie verspottet wurde! Was war überhaupt eine spastische Lähmung?

Doch sie traute sich in diesem Moment nicht, danach zu fragen. Zu tief war sie von dem Wort „Lähmung" getroffen.

Schweigend zog Isabell sich an und verließ den Raum. Sie nahm auch nicht wahr, dass ihre Mitschülerinnen sie anstarrten, als sie durch den Nebenraum lief. Langsam stieg sie die Treppen zum Klassenraum hinauf und setzte sich auf ihren Platz.

Wenn sie nur wüsste, was es mit dieser Spastik auf sich hatte! Bisher hatte sie kaum mit ihren Eltern über ihre angeborene Krankheit gesprochen. Für sie war das alles immer normal gewesen. Dass sie nicht rennen konnte, wie die anderen Kindern, das war eben so. Und dass sie zweimal im Jahr zur Untersuchung ins Krankenhaus musste, war ebenso normal wie die Tatsache, dass mehrmals am Tag zu bestimmten Zeiten ihre Blase mit einem Katheder entleert werden musste. Ihre Mutter hatte das immer gemacht, aber seit ein paar Monaten konnte es Isabell auch allein auf der Toilette.

Das alles war selbstverständlich gewesen, bis sie in die Schule gekommen war. Plötzlich war sie anders. Jedenfalls nicht so wie die anderen Kinder. Und ihre Mitschüler hassten sie dafür, dass sie anders war. Aber Isabell wollte nicht anders sein, sie wollte dazugehören und normal sein.

Isabell nahm sich vor, ihre Mutter nach Details über ihre Krankheit zu fragen. Sie musste schließlich wissen, was in ihrem Körper vorging!

Sehr niedergeschlagen ging Isabell an diesem Tag in den Hort. Auch hier hatte sie niemanden, der etwas mit ihr zu tun haben wollte. Dennoch fiel ihr auf, dass die anderen Kinder in letzter Zeit einen besonders großen Bogen um sie machten. Als hätten sie Angst, sich bei ihr mit einer gefährlichen Krankheit anzustecken.

Auch die Erzieherin, Frau Zieger, bekam mit, was vor sich ging. Gerade tippte ein Junge einem anderen kurz auf die Schulter und meinte dabei: „Ich hab vorher Isabell angefasst. Du hast jetzt Aids!" Isabell, der diese Sätze ebenfalls nicht entgingen, stiegen die Tränen in die Augen.

Frau Zieger schnappte sich den Jungen und nahm ihn beiseite. „Du erklärst mir jetzt mal, was Aids ist!" Als er darauf nichts zu sagen wusste, forderte sie ihn auf: „Setz dich hin und überlege dir, was Aids ist!"

Nach einer Weile stellte sie ihre Frage erneut. „Was ist Aids?" Darauf gab der Junge zerknirscht zur Antwort: „Eine Krankheit."

„Und was für eine?", fragte die Erzieherin weiter.

„Eine schlimme." Auch damit gab sich Frau Zieger nicht zufrieden. Sie wollte dem Jungen begreiflich machen, wie sehr er Isabell verletzt hatte. „Hat Isabell eine schlimme Krankheit?", wollte sie wissen. Als der Junge dies bejahte, sagte sie eindringlich: „Aber nicht Aids! Und über so was macht man keine Witze! Also geh hin und entschuldige dich!"

Er kam dieser Aufforderung nach, doch Isabell wusste, dass sein Schuldbewusstsein nicht von langer Dauer sein würde.

Wenig später wurde Isabell von ihrer Mutter aus dem Hort abgeholt. Von dem Spott ihres Mitschülers erzählte das Mädchen nichts, stattdessen fragte sie noch auf dem Weg: „Mutti, was ist eine spastische Lähmung?"

„Das ist, wenn man sich nicht so richtig bewegen kann, also zum Beispiel nicht rennen kann. So wie bei dir.", war die knappe Antwort. Isabell war mit ihrer Krankengeschichte nun völlig überfordert. Wahrscheinlich würde sie erst später richtig begreifen, was mit ihrem Körper nicht in Ordnung war, und die Zusammenhänge verstehen.

Der Winter stand vor der Tür. In Elenas Werbeagentur war das Weihnachtsgeschäft in den letzten Zügen. Viele Kunden bestellten weitere Exemplare ihrer bereits ausgelieferten Kalender und Weihnachtskarten. Somit standen für alle Mitarbeiter Überstunden an der Tagesordnung. Das machte niemandem etwas aus, alle waren froh, dass es so gut lief. Das war in der Werbebranche durchaus nicht selbstverständlich.

Der Chefin schlug der Stress auf den Magen. Elena war speiübel. Aber sie riss sich zusammen und konzentrierte sich auf ihre Arbeit.

Wieder einmal war Elena am nächsten Morgen die Erste in der Agentur. Noch immer fühlte sie sich schlecht. Plötzlich hielt sie es nicht mehr aus. Sie schaffte es gerade noch auf die Toilette, wo sie sich übergeben musste.

Als sie sich etwas beruhigt hatte, fuhr Elena ihren Rechner herunter, nahm ihre Tasche und verließ die Agentur. Sie fühlte sich zu elend, um heute noch weiter zu arbeiten. Ausgerechnet jetzt, wo es so viel zu tun gab, kam so etwas. Aber mit ein bisschen Tee und Schonkost würde sich ihr Magen sicher wieder beruhigen.

Zu Hause angekommen, rief sie bei Ralfs Eltern an und bat Katrin, Pascal am Nachmittag aus dem Kindergarten zu holen. „Ich habe mir wahrscheinlich den Magen verdorben. Seit gestern geht es mir ziemlich elend. Aber heute ist es noch schlimmer."

Katrin machte sich Sorgen. „Wenn du Hilfe brauchst, sag Bescheid, dann komme ich sofort vorbei!" Doch Elena beruhigte sie. „Ich habe mich jetzt erst mal hingelegt und mit einen Tee gemacht. Hoffentlich kann ich morgen wieder arbeiten, wir haben so einen Haufen zu tun!"

Plötzlich kam Katrin ein Verdacht. „Und was ist, wenn deine Übelkeit eine andere Ursache hat?", fragte sie bedeutungsvoll. Elena wusste sofort, auf was sie anspielte und geriet in Verlegenheit. „Na ja, wir haben ja gesagt, wenn es passiert, dann passiert es. Ich glaube zwar nicht, dass ich schwanger bin, aber es wäre schon schön!"

Im Laufe des Tages ging es Elena zunehmend besser, aber Katrins Worte gingen ihr nicht aus dem Kopf. Als ihr am nächsten Morgen wieder übel war, nahm sie sich vor, mit Ralf darüber zu reden.

Er machte sich ohnehin Sorgen, weil es ihr an diesem Morgen nicht gut ging. Dass sie am Vortag kaum auf der Arbeit war, hatte Elena ihrem Freund verschwiegen.

Doch Elena schaffte es nicht, das Thema einer möglichen Schwangerschaft anzusprechen. Zuerst wollte sie sich Gewissheit verschaffen. Sie hatte beschlossen, zum Arzt zu gehen, da sie sich ohnehin wieder elend fühlte. Anschließend wollte sie aber trotzdem zur Arbeit fahren.

Nach dem Arztbesuch wartete sie nervös auf den Anruf ihres Gynäkologen. Sie hoffte, dass sie das Ergebnis ihres Schwangerschaftstestes noch erfahren würde, bevor Ralf mit Pascal nach Hause kam

Schließlich klingelte das Telefon. Elena zitterte, als sie auf den Knopf drückte und das Gespräch entgegennahm. Zwar waren Ralf und sie ganz locker an das Kinderthema gegangen, aber nun, da es vielleicht soweit war, sah die Situation schon anders aus.

Der Arzt bestätigte schließlich, was sie seit Katrins Verdacht eigentlich auch schon geahnt hatte. „Sie sind in der achten Woche schwanger! Herzlichen Glückwunsch! Kommen Sie am Dienstag vorbei, dann machen wir den ersten Ultraschall." Elena bedankte sich und beendete das Gespräch. Plötzlich überkam sie die Erinnerung an die Situation, als sie von ihrer Schwangerschaft mit Pascal erfahren hatte. Wie würde Ralf reagieren?

Elena seufzte tief dann wählte sie die Handynummer von Ralfs Schwester.

„Ich habe eine ganz große Bitte!" Ines ahnte, was sie für Ralf tun sollte. Er würde sie bitten, Pascal aus dem Kindergarten abzuholen und ihn bei sich und ihren Eltern übernachten zu lassen. Direkt vor diesem Telefonat hatte Elena genau den gleichen Wunsch geäußert. Gerade hatte sie ihren Bruder anrufen wollen, um ihm mitzuteilen, dass er direkt nach Hause kommen sollte. Das war nun überflüssig.
„Ich habe Elena versprochen, dass ich Pascal abhole. Aber ich habe mir eine große Überraschung für sie überlegt! Könntest du das bitte für mich machen und ihn dann über Nacht mit zu euch nehmen? Es wäre wirklich wichtig, Schwesterherz!"
Ines fragte sich, was hier vorging. Wollten sich die beiden etwa gegenseitig einen Heiratsantrag machen? Das wäre sicher lustig. Aber wenn es so wäre, würde sie es schon noch erfahren. „Klar kümmere ich mich um den Knirps! Viel Spaß euch beiden! Und viel Glück bei deiner Überraschung!"

Obwohl Elena wieder arbeiten ging, war sich Ralf nicht sicher, ob er es schaffen würde, vor ihr zu Hause zu sein. Deshalb hatte er sich noch im Büro umgezogen und war dann im Anzug zum Blumenladen gefahren. Der Rosenstrauß, den er bestellt hatte, war wunderschön geworden. Auch an das wichtigste Utensil hatte er gedacht. Nun konnte fast nichts mehr schief gehen. Fast...
Elena hatte ihr dunkelblaues Kleid angezogen, welches sie auch an jenem Heiligabend getragen hatte, an dem sie und Ralf sich kennen gelernt hatten. Das kleine Geschenk für Ralf verbarg sie hinter einem Sofakissen.
Als Ralf das Wohnzimmer betrat, traute er seinen Augen nicht. Seine Freundin hatte eine Atmosphäre geschaffen, die perfekt für seinen Plan war. Der Raum war durch die Vorhänge an Fenster und Balkontür abgedunkelt, das Kerzenlicht warf einen Schatten an die rotbraune Schrankwand.
Verlegen kam er ihr entgegen und gab ihr einen Kuss. Er hatte eigentlich vorgehabt, ihr die Rosen nicht einfach so zu übergeben, aber nun fehlten ihm die Worte. Sie strahlte ihn an und hielt schnuppernd das Gesicht in den Strauß. Ralf wusste nicht, wie er beginnen sollte und schaute seine Freundin sekundenlang an.

Elena nahm seine Hand und führte ihn zur Couch. Ihr seliges Lächeln verwirrte Ralf völlig. Ahnte sie, was er vor hatte? Oder plante sie sogar das Gleiche?

„Ich habe eine Überraschung für dich!", sagte Elena. Ralf fand nun seine Sprache wieder und antwortete: „Ich auch!"

„Du zuerst!", forderte sie ihren Freund auf. Nun war es um seine Fassung geschehen. Zitternd holte er eine kleine Schachtel aus seinem Jackett und öffnete sie. Obwohl er sich viele Worte zurecht gelegt hatte, brachte er jetzt nur die entscheidende Frage heraus.

„Willst du mich heiraten?", fragte er, nahm einen schlichten, silbernen Ring aus dem Schmuckkästchen und streifte ihn über ihren Finger.

Elena umfasste seine Hand und erwiderte, zuerst sanft, dann immer euphorischer: „Ja! Ja, ich will! Ich will den Rest meines Lebens mit dir verbringen!"

Sie küssten sich lange und innig. Elena war überglücklich. Sein Antrag kam zum perfekten Zeitpunkt. Es war überhaupt alles perfekt zwischen ihnen.

Sie lösten sich langsam aus der Umarmung. Ralf war neugierig. „Jetzt deine Überraschung!", forderte er schmunzelnd.

Sie fasste hinter ihren Rücken unter das Kissen hinter ihrem Rücken und holte ein kleines Päckchen hervor. Es war wie ein Geschenkpaket mit einer Schleife verschnürt.

Beide spürten eine knisternde Spannung, die in der Luft lag. Ralf schnürte das Geschenk auf und öffnete den Deckel des kleinen Kartons. Er sah den Babyschuh, blickte in Elenas glückliches Gesicht und wusste, was sie ihm damit sagen wollte.

Er wurde Vater. Ralf konnte es nicht fassen. „Das ist der schönste Tag meines Lebens!", meinte er gerührt. Elena sah ihn zärtlich an. „Dir ist schon klar, was das heißt: Demnächst wird dein Arbeitszimmer ausgeräumt!", neckte sie ihren Verlobten.

Auch diese Vorstellung tat seinem Glück keinen Abbruch. „Dafür haben wir ja noch ein bisschen Zeit, oder?", fragte er. Diese ruhige Art liebte Elena an ihm. „Genau sieben Monate.", informierte sie ihn.

Die innige Situation wurde jäh unterbrochen, denn ihr wurde wieder schlecht. Fürsorglich bereitete Ralf einen Tee vor. Als Elena aus dem Badezimmer kam, setzte sie sich wieder auf die Couch und legte sich ein Kissen auf den Bauch.

Obwohl es ihr nicht gut ging, konnte sie sich einen Witz nicht verkneifen. „Jetzt kannst du schon mal vorstellen, wie ich in einem halben Jahr aussehe!" Ralf brachte ihr den Tee und setzte sich zu ihr. „Für mich bist du sowieso die schönste Frau der Welt, ob schlank oder mit Baby-bauch!", sagte er voller Überzeugung.

Nach einer Weile fragte er. „Weiß es Pascal eigentlich schon?" Elena verneinte. „Außer uns beiden und dem Arzt weiß es überhaupt niemand."

„Und was glaubst du, wie er reagieren wird?" Elena sah Ralf ernst an. Es arbeitete in ihm. Aber sie freute sich, dass er sofort begann, sich Gedanken über die nahe Zukunft zu machen. Und vor allem war sie froh, dass er dabei zuerst an ihren Sohn dachte.

Doch sie beruhigte seine Sorgen. „Ich bin mir ziemlich sicher, dass er sich auf sein Geschwisterchen freuen wird. Er ist doch gerne unter anderen Kindern. Und es macht ihm auch nie etwas aus, zu teilen. Als wir beide zusammen gekommen sind, war es auch kein Problem für ihn, dass er seine Mama nun nicht mehr ganz für sich allein hatte. Mit dem Baby wird es genauso werden!"

„Was hältst du davon, wenn wir noch vor der Geburt heiraten?", fragte sie völlig unvermittelt. Ralf war wieder einmal überwältigt von ihrem Tatendrang. „Ich meine, wir haben uns ja jetzt verlobt. Wir wollen sowieso heiraten, warum nehmen wir das nicht gleich in Angriff?"

Nach einem Moment der Überraschung war Ralf von der Idee begeistert. „Dann haben wir also ab morgen richtig was zu tun!", meinte er enthusiastisch. Sie lächelte. „Im Frühling ist sowieso das beste Wetter zum Heiraten!"

Als Katrin den Brief von ihrem Sohn aus dem Briefkasten holte und den Herzaufkleber auf der Rückseite des Umschlages entdeckte, ahnte sie bereits, was dies zu bedeuten hatte. Eilig ging sie ins Haus und rief Henry und Ines in die Küche.

Auch Ines quittierte den Anblick des Briefes, dessen Umschlag in einem zarten Orangeton gehalten war, mit einem breiten Grinsen.

„Sieht wohl ganz so aus, als ob mein Brüderchen jetzt Nägel mit Köpfen machen will!"

Henry hatte sich an dem Gespräch nicht beteiligt, statt dessen öffnete er eine Schublade neben dem Kühlschrank und holte eine Schere heraus.

Er setzte sich und begann völlig ruhig, den Brief zu öffnen. Katrin stand neben ihm und stieß sich vor Aufregung den Ellbogen an der offenen Tür an.

Henry nahm die selbstgebastelte Karte aus dem Umschlag und begann vorzulesen. „Wir trauen uns!" Während Ines einen kreischenden Jubelschrei von sich gab, konnte ihre Mutter einige Tränen der Rührung nicht unterdrücken.

Elena hatte unterdessen eine wichtige Aufgabe vor sich. Es war an der Zeit, Pascal von ihrer Schwangerschaft zu erzählen. Dazu setzte sie sich mit ihm in seine Kuschelecke und nahm in auf den Schoß.

„Ich muss dir mal was erzählen, Mops. Du wirst dich bestimmt freuen!", begann sie. Nun war er neugierig geworden. „Machen wir am Wochenende wieder einen Ausflug?", fragte er abenteuerlustig.

Mit dieser Frage hatte seine Mutter nicht gerechnet. Irritiert antwortete sie: „Das können wir machen. Aber ich habe eine viel bessere Überraschung für dich!"

„Was denn?" Ungeduldig zappelte Pascal auf dem Schoß seiner Mutter hin und her. Schließlich verriet sie ihm die Neuigkeit: „Du bekommst ein Geschwisterchen!"

Der Junge war zunächst verblüfft. Ungläubig starrte er Elena an. Doch als er ihr strahlendes Lächeln sah, wusste er, dass es kein Scherz gewesen war, was sie eben gesagt hatte. Jubelnd fiel er seiner Mutter um den Hals.

„Das muss ich Isa erzählen, und Ines und Henry und Katrin!", rief er euphorisch. Elena hatte Mühe, ihn zu stoppen. „Das kannst du auch, aber nicht sofort. Heute Nachmittag fahren wir zu Katrin und Henry und sagen es ihnen."

Katrin stürmte zur Haustür, als sie den Motor von Ralfs Auto hörte. „Ihr seid mir welche!", rief sie statt einer Begrüßung. Schon war sie im Begriff, die Treppe hinunter zu stürmen, doch Ralf war schneller und schloss seine Mutter in die Arme. „Meinen allerherzlichsten Glückwunsch!", sagte sie und hatte Mühe, ihre Rührung zu verbergen. Lächelnd ging Elena an den beiden vorbei zur Tür, um Henry zu begrüßen. Pascal folgte ihr. „Lass dich drücken, Schwiegertochter! Jetzt darf ich das ja so sagen.", feixte er und umarmte sie. Pascal, der sich ein bisschen verloren fühlte, huschte an ihnen vorbei ins Haus. Auch Katrin gratulierte Elena zur Verlobung, während Ralf und sein Vater sich begrüßten. „Das hast du gescheit gemacht, mein Junge!" Grinsend wandte sich Ralf seiner Verlobten zu und zwinkerte ihr zu.

Ines hatte es vorgezogen, im Haus zu bleiben und empfing die Besucher mit einem breiten Grinsen im Flur. „Na, Bruderherz? Gibt's was Neues?", fragte sie scheinheilig, schlang dann aber die Arme um den Hals ihres Bruders und flüsterte: „Ich wünsch euch alles Glück der Welt!" An Elena gewandt, konnte sie sich einen Spruch nicht verkneifen. „Wie hast du das gemacht, Ralf in kaum mehr als einem Jahr aus dem Hotel Mama unter die Haube zu bringen?" Elena schwieg lächelnd. Pascal saß inzwischen schon im Wohnzimmer und wippte ungeduldig

mit den Füßen. Endlich setzten sich auch die Erwachsenen an die Kaffeetafel und man ließ sich Wolkenkuchen und Bienenstich schmecken.
Nach dem Kaffeetrinken holte Katrin eine Flasche Sekt und begann, die Gläser zu füllen. „Warte mal!", forderte Ralf seine Mutter auf. Sie hielt inne.
„Wir haben etwas mitgebracht.", begann Elena. Ralf lief zur Flurgarderobe und kam mit einem kleinen Teddy zurück. Lächelnd übergab er ihn an seine Mutter. Sie wusste nicht, was sie von diesem Geschenk halten sollte. „Den haben wir auf dem Rummel gewonnen und dachten, er gefällt euch.", erklärte Ralf. Elena fügte grinsend hinzu. „Ihr könnt ihn ja für euer Enkelkind aufheben!"
Ines begriff als Erste, was die beiden damit sagen wollten. „Ihr zwei seid aber wirklich von der ganz schnellen Truppe! Das ist ja Wahnsinn! Großartig! Ich werde Tante!", jubelte sie. „Herzlichen Glückwunsch!" Nacheinander umarmten auch Henry und Katrin die werdenden Eltern und Pascal. Katrin konnte nun ihre Tränen nicht mehr zurückhalten. „Das ist so schön, das ist so wunderschön." flüsterte sie.

Ralf und Elena hatten mit den Vorbereitungen für ihre Verlobungsfeier und die Hochzeit alle Hände voll zu tun. Zum Glück ging ihnen Isabell mit ihrem Organisationstalent tatkräftig zur Hand.
Pascal und Isabell bastelten zusammen Einladungskarten. Vor allem der Junge stellte sich dabei sehr geschickt an. Mit flinken Fingern zeichnete er Herzen auf Tonzeichenpapier und schnitt sie anschließend aus.
Seine Mutter war wieder einmal sehr hektisch. Ralf brachte schließlich Ordnung in das Chaos, welches seine Verlobte zu verursachen drohte.
„Komm mal her, Schatz.", forderte er sie auf. Gemeinsam setzten sie sich an den großen Küchentisch. Ralf hatte einen Schreibblock und mehrere Kugelschreiber in den Händen.
„Wir machen uns jetzt eine To-Do-Liste, damit wir bei unseren Vorbereitungen auch nichts vergessen. Und dann klappt das schon alles!"
Elena war dankbar, dass er so einen kühlen Kopf bewahrte. Gemeinsam überlegten sie sich, was bis wann erledigt sein musste und was sie alles zu besorgen hatten.
Die Einladungen für die Verlobungsfeier waren alle verschickt, Pascal und Isabell waren auch mit den Hochzeitseinladungen fast fertig. Zuvor war bereits eine Gästeliste erstellt worden.
„Wo wollt ihr überhaupt heiraten?", erkundigte sich das Mädchen. Die beiden Verlobten wechselten einen wissenden Blick.
„Weißt du noch, unser Spaziergang, als du zu mir gesagt hast ´Hier würde ich gerne heiraten´?", fragte Ralf.

Elena nickte. „Natürlich weiß ich das noch. Und ich bin nach wie vor der Ansicht, dass das ein perfekter Ort für die kirchliche Trauung wäre!"
„Könnt ihr mir mal sagen, wovon ihr redet?", fragte Isabell völlig verständnislos.
„Wir sprechen von Schloss Moritzburg!", erklärte Elena. „Das wäre doch toll, eine kirchliche Trauung unter freiem Himmel!"
Isabell war von dieser Idee nicht so angetan. „Anfang März wollt ihr unter freiem Himmel heiraten. Bloß gut, dass wir alle Winterjacken haben!"
Ralf hatte ganz andere Bedenken. „Ob uns ein evangelischer Pfarrer überhaupt traut? Ich bin doch gar nicht in der Kirche!"
„Da mach dir mal keine Sorgen. Zumindest ein Ehegelübde können wir ablegen!", erklärte seine Verlobte.
Isabell war schon einen Gedanken weiter. „Habt ihr eigentlich schon an eine Geschenkeliste gedacht? Da könnt ihr eure Wünsche auf der Verlobungsfeier gleich mal an den Mann bringen."
Elena seufzte. „So eine Hochzeit artet ja wirklich in Arbeit aus! Aber dafür wird das definitiv der schönste Tag in unserem Leben!"

Das Paar beschloss, ganz groß zu feiern. „Wenn schon heiraten, dann auch richtig!", waren sie sich einig. Ralfs Familie unterstützte die beiden tatkräftig. Die Verwandten trafen auch eigene Vorbereitungen, von denen das Brautpaar nichts ahnte.
„Isabell, kannst du mir bei der Hochzeitszeitung helfen?", fragte Ines. „Die darf auf gar keinen Fall fehlen!"
Das Mädchen sah das genauso. „Wir könnten auch Onkel Steffen mit ins Boot holen, er hat solche Zeitungen doch schon ein paar Mal gemacht.", schlug sie vor.
Ralfs Eltern waren mit der Suche nach Spielen und Gedichten für die Verlobung und die Hochzeitsfeier beschäftigt. Doch zunächst wurde Katrin von Elena für die Kleiderauswahl mit eingespannt. Die beiden Frauen hatten sich vorgenommen, sowohl das Kleid für die Verlobung als auch das Brautkleid an einem Nachmittag zu besorgen.
„Am meisten Kopfzerbrechen macht mir das Brautkleid. Wenn wir heiraten, werde ich im fünften Monat schwanger sein! Ich kann doch nicht jetzt ein Kleid anprobieren, was mir zur Hochzeit sowieso nicht mehr passen wird.", seufzte sie.
Ralf hatte sich auf der Suche nach dem richtigen Anzug männliche Verstärkung von seinem Vater geholt. Auch Pascal wurde passend eingekleidet.

„Das bleibt aber unser Geheimnis, damit überraschen wir deine Mama, wenn es soweit ist!", sagte Ralf beschwörend zu seinem zukünftigen Stiefsohn.

„Ich bin so gespannt, was er dazu sagen wird!", meinte Elena aufgeregt und bestaunte das Kleid, welches sie auf der Verlobungsfeier tragen würde.

„Ihm werden die Augen aus dem Kopf fallen, wenn er dich in diesem Traumkleid sehen wird! Ich kenne doch meinen großen Bruder. Was soll er dann erst sagen, wenn er dich als Braut sieht!"

Auch Ines war nervös, als Trauzeugin der Braut hatte sie sich während der Feierlichkeiten um einige Details zu kümmern. „Warum hast du eigentlich nicht deine Schwester als Trauzeugin genommen?", wollte sie wissen.

Elena zögerte mit der Antwort. „Wir stehen uns nicht besonders nah.", erzählte sie schließlich.

„Sie ist zwölf Jahre älter als ich und war nicht sonderlich begeistert, dass sie sich die Liebe unserer Eltern plötzlich mit einem Nachzügler teilen musste. Sie hat immer nach Erfolg gestrebt, reich geheiratet und mit ihrem Mann eine Boutique in Melbourne eröffnet.

Die Ehe lief von Anfang an nicht besonders gut, aber Antonia hatte schließlich erreicht, was sie wollte. Sie war eine Frau von Welt geworden. Nach der Scheidung hatte sie ausgesorgt.

Ich weiß nicht, ob sie sich je wirklich geliebt haben, das können sie nur selbst beantworten. Aber es war mir immer suspekt, dass meine Nichte und mein Neffe viel mehr Zeit mit ihrem Kindermädchen verbracht haben, als mit der eigenen Mutter.

Tja, und plötzlich kam ich von der Uni, eröffnete meine Agentur und mittlerweile läuft es sehr gut. Da sah sie in ihrer kleinen Schwester plötzlich eine Konkurrentin. Durch den Unterhalt von ihrem Exmann hat Antonia es nicht mehr nötig, arbeiten zu gehen.

Aber ich glaube, sie ist neidisch auf mein erfülltes Leben. Ich habe einen wunderbaren Sohn, ich heirate einen wunderbaren Mann und beruflich läuft es auch gut. Antonia hat mir vor einiger Zeit sogar vorgeworfen, ich hätte so einen tollen Mann gar nicht verdient! Der pure Neid!

Seit Pascal auf der Welt ist, war er immer das Wichtigste in meinem Leben und so wird es auch bleiben. Und auch, wenn das Baby da ist, werde ich es mir aufgrund meiner beruflichen Situation leisten können, dass meine Familie an erster Stelle steht, ohne dass ich dafür auf irgendetwas verzichten muss.

Ich habe gute Mitarbeiter und brauche kein Kindermädchen. Pascal geht in den Kindergarten, damit er mit Gleichaltrigen Kontakt hat.

Dass ich dadurch guten Gewissens ganztags arbeiten gehen kann, ist natürlich umso besser. Aber wenn das nicht funktionieren würde, dann würde ich sofort kürzertreten! Das wollen nur einige Leute nicht verstehen!", ereiferte sich Elena und war dabei den Tränen nah.

Mit einem solchen Gefühlsausbruch hatte Ines nicht gerechnet. Sie wusste, dass Elena nicht nur von ihrer Schwester, sondern auch von einigen Verwandten von Ralf, in erster Linie Isabells Mutter, seiner Cousine, sprach. Nur zu gut erinnerte sie sich an den Zwischenfall bei der Faschingsparty, als sich Elena durch etliche spitze Bemerkungen als Mutter angegriffen fühlte.

„Mach dich nicht verrückt.", riet sie ihrer zukünftigen Schwägerin. „Sicher werden sich nach der Hochzeit die Wogen glätten. Dann gehörst du endlich richtig zur Familie! Also freu dich auf den schönsten Tag deines Lebens – und auf das Baby! Euer Glück ist doch eigentlich perfekt, also warum macht es dich so fertig, was ein paar Außenstehende sagen?"

Elena rang sich ein kleines Lächeln ab. „Du kommst mir gerade so vor, wie Isabell damals, als wir uns kennen gelernt haben. Da war sie auch so was wie ein Rettungsanker für mich und hat mich aufgebaut."

„Dafür bin ich ja da als Trauzeugin!", meinte Ines strahlend. Aber das Lob bereitete ihr natürlich große Freude. „Du wirst sehen, wenn Ralf dich in diesem Kleid sieht, dann würde er am Liebsten sofort ´Ja´ sagen!"

Als Elena nach Hause kam, schloss Ralf gerade die Wohnungstür auf. „Ich dachte, du hättest Pascal aus dem Kindergarten geholt!", sagte sie statt einer Begrüßung.

Erschrocken sah er auf die Uhr. „Und ich dachte, du würdest ihn holen! Also los!" Damit war er schon wieder im Treppenhaus. Eilig folgte Elena ihm.

Sie kamen gerade noch rechtzeitig. „Ich wollte Sie eben anrufen!", meinte die Erzieherin vorwurfsvoll zu Elena. Diese entschuldigte sich rasch.

Pascal war nicht ungeduldig geworden. Nachdem er seine Mutter herzlich begrüßt hatte, räumte er in aller Ruhe sein Spielzeug auf, bevor er seine Jacke und Schuhe anzog. Elena musste sich ein Grinsen verkneifen. Die Erzieherin wollte Feierabend machen, aber Pascal ließ es sich nicht nehmen, noch aufzuräumen.

Schließlich brachen sie auf. Ralf hatte im Auto gewartet. „Hallo, Sportsmann!", begrüßte er den Jungen. Pascal winkte grinsend und nahm auf der Rückbank Platz.

Bevor er sich anschnallte, zog er den Anorak aus. Es war sehr kalt im Freien, aber Ralf hatte im Auto die Heizung eingeschaltet.

Da es glatt war, konnten sie außerorts nicht besonders schnell fahren. Ralf nahm einen Umweg, um so lange wie möglich in der Stadt zu fahren. „Hier sind die Straßen wenigstens geräumt und gestreut. Auf der Landstraße wird es nicht so toll sein." Er behielt recht.

Hinter den dreien fuhr ein weißer Kastenwagen. Besorgt sah Ralf im Rückspiegel, dass der Fahrer kaum Sicherheitsabstand hielt – und das bei diesen Straßenbedingungen! Da aber auch vor ihnen ein Auto war, hatte er keine Möglichkeit, den Abstand zu vergrößern.

Elena bemerkte, dass ihr Partner nervös war und immer wieder in den Rückspiegel schaute. Sie wollte ihn fragen, ob alles in Ordnung war, doch dazu kam sie nicht mehr.

In diesem Moment spürten sie einen immensen Krach von hinten. Ralf verlor die Kontrolle und riss das Lenkrad herum. Der Wagen drehte sich, stieß noch einmal mit dem Wagen, der auf ihn aufgefahren war, zusammen und landete schließlich im Straßengraben. „Pascal!", schrie Elena entsetzt, dann verlor sie das Bewusstsein.

Nach einer Schrecksekunde realisierte Pascal, was passiert war. Obwohl der Kofferraum völlig zerstört war, hatte der Junge auf der Rückbank großes Glück gehabt. Er schien unverletzt und hatte auch keine Schmerzen.

„Mama, geht's dir gut?", fragte er ängstlich, bekam aber keine Antwort. Auch Ralf war nicht ansprechbar.

Es gelang ihm, den Gurt zu lösen. Da die Heckscheibe völlig zersplittert war, kletterte er hindurch ins Freie. Dabei erlitt er einige Schnittwunden an den Armen, aber er schaffte es schließlich nach draußen.

Unsicher sah Pascal sich um. Von dem Wagen, der sie gerammt hatte, war weit und breit keine Spur. Somit war auch niemand da, den Pascal um Hilfe hätte bitten können. Er traute sich nicht, am Straßenrand auf Hilfe zu warten, aus Angst, dass ihn ein Autofahrer übersehen und anfahren könnte. Deshalb kletterte er aus dem Straßengraben auf das Feld.

Es war längst dunkel. Aus der Ferne war Licht sichtbar, scheinbar befanden sich dort einige Häuser. Pascal konnte nicht einschätzen, wie weit es bis dorthin war. Aber er wusste sich nicht anders zu helfen und lief los, quer über das Feld.

Je näher er kam, desto bekannter kamen ihm die Häuser vor. Der Junge war erschöpft, lief aber nach einer kurzen Pause weiter. Es war nicht mehr weit. Da erkannte er das Haus von Isabell und ihren Eltern.

Pascal wusste, wie man sich Zutritt zum Grundstück verschaffen konnte. Es kostete ihn einige Anstrengung, das Gartentor zu öffnen, aber schließlich hatte er es geschafft. Mit letzter Kraft rannte er durch den Garten und hämmerte mit den Fäusten gegen ein Fenster.

Erschrocken drehte Isabells Mutter sich um und erblickte den verzweifelten Jungen. Sofort rief sie ihre Tochter.

Isabell war nicht minder geschockt, als sie Pascal sah. Sie schnappte sich eine Jacke und stürmte nach draußen.

„Mops, was ist passiert?", fragte sie aufgeregt und legte ihm die Jacke um. Weinend stammelte der Junge. „Mama und Ralf wachen nicht mehr auf, du musst ganz schnell kommen! An der Straße im Auto!"

„Ruf den Notarzt!", schrie Isabell ihrer Mutter zu, bevor sie sich ebenfalls einen Anorak anzog und mit Pascal in die Dunkelheit hinausstürmte.

Elena war inzwischen wieder bei Bewusstsein. Sie brauchte einen Moment, um sich der Situation bewusst zu werden. „Schatz", flüsterte sie und schüttelte Ralf leicht am Arm. Aber er reagierte nicht.

Sie war zu erschöpft, um sich zu bewegen. Ihre Rippen taten weh. Ihrem ungeborenen Baby ging es offenbar gut, es bewegte sich. Dann fiel ihr Blick durch den Rückspiegel, der noch in einem guten Zustand war. Voller Entsetzen sah sie, dass die Rückbank leer und Pascal verschwunden war.

„Pascal!", schrie sie. Verzweifelt versuchte sie, die Tür zu öffnen und das Auto zu verlassen, aber es war zwecklos.

Endlose Minuten vergingen, da sah sie plötzlich zwei große Taschenlampen, deren Licht immer näher kam. Schon war Isabell neben der immer noch panisch schreienden Elena.

„Ganz ruhig, Pascal ist unverletzt. Er hat mich geholt. Beruhige dich! Gleich kommt Hilfe!" Mit sanfter Stimme redete das Mädchen auf die Verletzte ein.

Doch sie konnte deren Angst nicht ganz ausschalten. „Was ist mit Ralf?", fragte Elena schwach.

„Ich sehe gleich mal nach ihm. Wenn es dir schlechter geht, sag es mir, dann komme ich sofort wieder rüber!" Mit diesen Worten lief Isabell um das Auto herum zur Fahrertür. Ralf war noch immer bewusstlos. Äußere Verletzungen konnte sie nicht ausmachen.

In diesem Augenblick hörten sie die Sirenen der Rettungswagen. Auch die Feuerwehr war verständigt worden. Pascal wurde in einen der Krankenwagen getragen, wehrte sich aber mit aller Kraft gegen die Sanitäter. „Mama geht's schlecht, sie braucht Hilfe! Ich bin doch gar nicht krank!", schrie er. Isabell gelang es schließlich, ihn zu beruhigen.
„Deine Mama ist auch nicht alleine, bei ihr ist ein anderer Arzt. Ich bleibe bei dir, Mops! Du musst keine Angst haben.", versicherte sie ihm „Aber es ist wichtig, dass du auch untersucht wirst! Es kann nämlich sein, dass du Verletzungen hast, von denen du jetzt noch gar nichts spürst. Das kann sehr gefährlich werden! Und deine Arme bluten, das muss verbunden werden!"
Nachdem Pascal kurz durchgecheckt und außer den Schnittwunden keine Verletzungen festgestellt worden waren, durfte Isabell schließlich mit ihm im Notarztwagen mitfahren. Währenddessen befreite die Feuerwehr Elena und Ralf mit schwerem Gerät aus dem völlig zerstörten Fahrzeug.
Ralf wurde im Krankenhaus nach der Notversorgung in den Operationssaal gebracht. Mehr wusste Isabell nicht. Elena und Pascal wurden noch untersucht, schienen aber nicht schwer verletzt.

Zusammengesunken saß Isabell im Warteraum der Notaufnahme, als Ines und ihre Eltern hineingestürmt kamen.
„Was ist, wie geht es ihnen?", fragte Katrin in Panik. Isabell begann zunächst mit der guten Nachricht. „Pascal ist scheinbar unverletzt. Er wird gerade noch geröntgt. Elena hat sich wahrscheinlich ein paar Rippen gebrochen, ansonsten geht es ihr und dem Kind gut." Sie stockte.
„Was ist mit Ralf?", fragte Katrin eindringlich. „Ich weiß es nicht.", sagte Isabell niedergeschlagen. „Er wird gerade operiert."
Katrin war nach dieser Antwort alles andere als beruhigt. „Es muss uns hier doch jemand sagen können, wie es unserem Sohn geht!", rief sie und klingelte an der Notaufnahme.
Eine Krankenschwester erschien. „Ich möchte sofort den behandelnden Arzt meines Sohnes sprechen!", forderte Katrin und nannte ihren Namen.
Die Schwester hatte Verständnis für ihre Situation, konnte ihr aber auch nicht weiterhelfen. „Ihr Sohn wird noch operiert. Sobald die Operation beendet ist, wird der Arzt zu Ihnen kommen und Sie über seinen Zustand informieren."
Ines nahm ihre Mutter in den Arm. Die Ungewissheit zerrte auch an ihren Nerven. Aber es war niemandem geholfen, wenn sie jetzt durchdrehen würden.

Wenig später kam die Krankenschwester zurück. „Sie dürfen jetzt zu Frau Uhlig.", erklärte sie und ging voraus in ein Zimmer am Ende des kahlen Ganges.

Elena saß aufrecht in ihrem Bett, ein Korsett stützte ihre verletzten Rippen. Ihr Gesicht war bleich, offenbar hatte man sie über Ralfs Operation bereits informiert. Pascal saß neben dem Bett.

„Hallo ihr zwei.", grüßte Isabell und versuchte zu lächeln. Elena reichte ihr die Hand und flüsterte: „Danke für alles!" Dann richtete sie einen fragenden Blick an Katrin, den diese mit einem leichten Kopfschütteln erwiderte.

Um Elena nicht zu sehr anzustrengen, verabschiedeten sich Henry und Katrin bereits nach wenigen Minuten wieder. Es war ohnehin wenig Platz für Besuch in dem Einzelzimmer. Isabell blieb noch bei ihr und versprach, mit Pascal nach zu kommen. Er würde die nächste Zeit bei Ralfs Eltern verbringen, bis seine Mutter wieder gesund war.

Isabell wollte Elena gerade allein lassen, da kam Henry wieder in das Zimmer. Sein Gesichtsausdruck ließ das Schlimmste befürchten.

„Wir haben gerade mit dem Arzt gesprochen. Sie mussten Ralf die Milz entfernen. Außerdem hat er ein schweres Schädel-Hirn-Trauma. Er liegt im Koma!"

Die darauffolgende Stille war kaum zu ertragen. Alle standen unter Schock. Elena hatte das Gefühl, als würde sich ein Albtraum wiederholen.

„Noch mal stehe ich das nicht durch!", wandte sie sich an Isabell. Das Mädchen verstand, was sie meinte. „Daran darfst du gar nicht denken! Ralf wird kämpfen, da bin ich mir sicher! Er packt das! Er wird wieder gesund!"

In diesem Moment betrat Antonia das Krankenzimmer ihrer Schwester. „Was macht ihr denn für Sachen?", fragte sie und ignorierte die Umstehenden dabei völlig. Auch Isabell wurde von Elenas Bett weg gedrängt. Ihr war die ungestüme Art ihrer älteren Schwester unangenehm. „Zum Glück konnte Pascal Hilfe holen, sonst wäre es wohl nicht so glimpflich ausgegangen.", fuhr Antonia fort. Da stiegen Elena die Tränen in die Augen. „Es ist auch so schon schlimm genug!", murmelte sie.

Antonia verstand die emotionale Reaktion ihrer Schwester nicht. „Aber es geht euch doch gut. Deinem Baby ist nichts passiert, Pascal ist auch unverletzt..."

„Hör auf!", schrie Elena und vergrub ihr Gesicht in den Händen. Pascal versuchte seiner Mutter Trost zu spenden. Auch für ihn war die Situation extrem belastend. „Ich bin gleich wieder da.", flüsterte Isabell ihm zu und schob Antonia zur Tür heraus.

„Was ist hier los?", zischte diese, denn sie schätzte das Mädchen nicht sonderlich. Isabell ließ sich davon nicht beirren.

„Ralf liegt im Koma!", erklärte sie. Antonia schien von dieser Nachricht völlig überfordert. Sie drehte sich um und verließ das Krankenhaus.

Bereits nach fünf Tagen konnte Elena das Krankenhaus verlassen. Sie war froh, wenigstens wieder in der Nähe ihres Sohnes sein zu können. Doch das linderte nicht ihre Sorge um Ralf.

Sie war gerade damit beschäftigt, ihre Tasche zu packen, als Isabell mit der erlösenden Nachricht das Zimmer betrat. „Ralf ist aufgewacht!"

Unendlich erleichtert fielen sich beide in die Arme. „Kann ich zu ihm?", fragte Elena, vor Aufregung außer Atem. „Seine Eltern sind gerade bei ihm. Aber morgen kannst du ihn bestimmt sehen."

Tatsächlich durfte sie Ihren Verlobten am nächsten Tag besuchen. Ralf ging es den Umständen entsprechend gut, beim Sprechen hatte er keine Probleme.

„Ich werde auf jeden Fall versuchen, rechtzeitig wieder fit zu werden, damit wir unsere Hochzeit nicht verschieben müssen!", versprach er.

„Das Allerwichtigste ist, dass du wieder komplett gesund wirst. Erst dann heiraten wir! Schließlich wollen wir diesen Tag doch beide genießen, oder?"

Statt einer Antwort küsste Ralf seine Liebste innig. Sie war sein Ansporn, so schnell wie möglich wieder gesund zu werden.

„Ich bin schwer beeindruckt von Ihren Fortschritten! Wir können Sie schon am Montag in die Reha-Klinik schicken!" Der Arzt freute sich für Ralf. Er hatte eine sehr positive Einstellung, die seiner Genesung zu Gute kam.

Auch in der Reha-Klinik ging es steil bergauf. Seine Familie kam ihn jedes Wochenende besuchen, wobei er immer stolz seine Fortschritte präsentierte.

Elena besuchte ihren Verlobten auch an ihrem Geburtstag. Ihr blieb der Mund offen stehen, als er sie strahlend mit seiner voll gepackten Reisetasche in der Hand begrüßte.

„Ja, du siehst richtig! Ich werde zwar noch einige Zeit lang zur Physiotherapie gehen müssen, aber wir können wie geplant in zwei Wochen heiraten!"

Doch sie war skeptisch. „Ich werde mal mit dem Arzt reden. Nicht, dass du mir hier irgendwelche Heldentaten vorführen willst und am Ende kommt alles nur noch schlimmer!"

Damit war sie wieder zur Tür hinaus. Pascal und Ralf wechselten einen genervten Blick.

„So ist sie eben!", meinte Pascal im Brustton der Überzeugung. Ralf grinste amüsiert.

Nach wenigen Minuten kam sie auch schon zurück. „Alles klar, wir können los!", freute sie sich. Ralf zog seine Verlobte an sich und streichelte ihr über den Bauch.

„Wie geht's euch beiden denn?", wollte er wissen. „Uns geht's gut, jetzt umso besser, wenn du wieder nach Hause kommst.", erwiderte sie zärtlich.

„Ich habe noch eine Überraschung für dich!", fuhr sie fort und überreichte ihm das neueste Ultraschallbild ihres Kindes. „Darf ich vorstellen: unsere Tochter!", sagte sie strahlend.

Ralf betrachtete das Bild, dann sah er Elena an. Überglücklich schloss er sie und Pascal in seine Arme.

Der Junge wollte natürlich auch das Bild ansehen. „Das ist deine Schwester!", erklärte Ralf. Doch Pascal konnte mit der Aufnahme nichts anfangen. „Das ist ja gar kein richtiges Foto!", sagte er enttäuscht und wandte sich ab.

Arm in Arm verließen die drei das Krankenhaus. Ralf ging an einer Krücke, die ihm das Gehen erleichterte. Auch er war sehr froh, sich so schnell von dem schweren Unfall erholt zu haben. Die Liebe zu seiner Familie hatte in ihm einen großen Ehrgeiz geweckt und mit eisernem Willen hatte er sich zurück ins Leben gekämpft. Nun konnten Elena und er ihre Verlobung nachholen und sich auf ihre Hochzeit freuen.

Zur Verlobungsfeier hatten Elena und Ralf eine Kegelbahn gemietet. Bei aller Romantik kam in Ralfs Familie nie der Spaß zu kurz. Nur Elenas Laune war wenige Stunden vor der Feier ein wenig getrübt, denn von ihrer Familie würde außer Antonia niemand erscheinen.

„Mein Vater war vor kurzem schwer krank und kann die weite Fahrt noch nicht bewältigen. Ich hoffe, dass es ihm bis zur Hochzeit besser geht!", erzählte sie traurig.

Katrin legte den Arm um die Schultern ihrer Schwiegertochter in spe. „Deinen großen Tag werden sich deine Eltern doch sicher nicht entgehen lassen! Es sind ja noch knapp zwei Wochen Zeit, bis dahin wird sich dein Vater bestimmt schonen. Ich kann mir nicht vorstellen, dass er darauf verzichten wird, seine Tochter zum Altar zu führen! Und wie schnell man mit der richtigen Einstellung wieder auf die Beine kommen kann, haben wir ja gerade bei Ralf gesehen!" Wieder einmal war Elena gerührt von der Liebe, mit der die Familienmitglieder miteinander umgingen und die sie auch ihr und Pascal zuteil werden ließen.

Doch schon war sie in Gedanken wieder bei den Hochzeitsvorbereitungen. „Pascal braucht ja auch noch etwas zum Anziehen für die Feier! Darüber habe ich mir bei dem ganzen Stress noch gar keine Gedanken... –!" Ein plötzlicher Schwindel unterbrach ihre Überlegungen. Schnell stütze Katrin die werdende Mutter und führte sie zur Couch.

„Bei all der Aufregung um die Hochzeit solltest du nicht vergessen, dass du schwanger bist!", mahnte sie. „Und was die Kleiderfrage bei Pascal angeht, darum haben sich Ralf und Henry schon gekümmert. Lass dich einfach überraschen!", erklärte sie mit einem Augenzwinkern.

Am Abend war die Stimmung auch bei Elena wieder gelöst. Weder sie noch Katrin hatten Ralf von dem Schwächeanfall erzählt, um ihn nicht zu beunruhigen.

Ines hatte für alle eine Überraschung parat und präsentierte ihren neuen Freund Christian. Mit seiner unkomplizierten Art gewann er sofort viele Sympathien.

Von der Kegelbahn hallte es einen lauten „Strike"-Ruf in den angrenzenden Raum. Ralf und sein Cousin waren aktive Kegler und spielten bereits seit der Schulzeit in einem Verein. Doch aufgrund seiner Verletzung musste Ralf diesmal passen und konnte nur zusehen.

Sein Onkel hatte ohnehin andere Pläne. „Deine Braut wird heute auch nicht viel Zeit zum Kegeln haben!", äußerte Steffen geheimnisvoll.

Elena lächelte matt. „Das habe ich schon kommen sehen, dass ihr heute diverse Attentate auf uns vorhabt!", meinte sie seufzend.

An der Stirnseite des Tisches waren die Gäste mit ihren Stühlen ein Stück nach hinten gerückt, um Platz zu schaffen, denn es war sehr beengt. Wer am Fenster saß, musste gelegentlich jemanden von hinten durchlassen. An der gegenüberliegenden Seite des Tisches sah es nicht besser aus, hier war nur wenig Platz zwischen den Stühlen und dem angrenzenden Tresen. So waren mehrere Gäste, die ihre Plätze im hinteren Bereich des Tisches hatten aufgestanden und hatten sich entweder an den Tresen gesetzt, oder waren gerade nebenan auf der Kegelbahn.

Steffen hatte seine Utensilien, die er für das Spiel benötigte, auf den Tresen gelegt und sich eine karierte Mütze aufgesetzt. Sein Erscheinungsbild erinnerte nun stark an einen Franzosen und genau das bezweckte er auch.

„Bonjour Mesdames et Messieurs", begann er mit einem betont französischen Akzent, „Mein Name ist Pierre, isch bin gekommen extra aus Paris hierher mit die Helikopter. Von Beruf bin isch Maler und isch möchte Ihnen zeigen einige von meine Bilder. Aber isch nicht male mit Farbe und Leinwand, isch male mit Menschen. Zu finden diese Menschen isch habe mitgebracht meine Assistentin. Ihr Name ist Jacqueline."

Mit einer gebieterischen Geste deutete er auf Ines, die ein paar Meter neben ihm stand. Einige Familienmitglieder, die das Spiel bereits kannten, begannen zu grinsen. Steffen war für derartige Sketche wie geschaffen.

Ines hatte inzwischen auf seine Anweisung hin fünf Männer bestimmt, die mitsamt ihrer Stühle zu dem berühmten Maler nach vorn traten. Nun forderte er sie auf, ihre Stühle anzuheben und im Kreis zu gehen, was mangels Platz relativ schwierig war.

„Diese Bild hat die Name 'Der geregelte Stuhlgang!" Die Gäste lachten Tränen, auch Ralf und Elena wurden im Laufe des Spiels mit eingespannt. Isabell blieb ebenfalls nicht verschont. Sie stand inmitten von vier Frauen, unter ihnen auch Antonia, und bekam von Ines einen Schokoriegel, in den sie nun beißen sollte. „Dieses Bild isch aben genannt: Die Kürzeste frisst!"

Die Stimmung unter den Gästen war sehr gelöst. Ralf hatte Isabells Mutter gebeten, keinen Streit mit Elena vom Zaun zu brechen. „Diese Diskussionen um Pascal und seinen Vater sind absolut sinnlos und ich habe keine Lust, mir meine Verlobung und meine Hochzeit davon versauen zu lassen!", hatte Ralf sehr deutlich zu seiner Cousine gesagt. „Im Übrigen geht dieses Thema niemanden etwas an, also lass Elena und den Kleinen einfach in Ruhe! Sie haben dir nichts getan!"

Isabells Mutter hatte diese Pille geschluckt und beschränkte sich auf Gespräche mit Elenas Schwester Antonia.

Auch Ralfs Chef war unter den Gästen. „Wie gut, dass Sie sich so schnell von ihrem Unfall erholt haben!", begann er das Gespräch. „Ja, ich habe wirklich Glück gehabt. Aber mein Praktikum werde ich im nächsten Semester wohl von vorn beginnen müssen!"

„Lassen Sie sich Zeit und werden sie in Ruhe wieder gesund. Dann steht meine Tür wieder für Sie offen!", sicherte ihm der Chef zu. Ralf war erleichtert. „Danke, Sie nehmen mir damit eine ganz große Sorge!"

„Was ist eigentlich mit dem Unfallverursacher?", erkundigte sich Herr Scheffler. Ralf zog die Augenbrauen hoch. „Der konnte leider nicht ermittelt werden."

„Da kann man nichts ändern. Hauptsache, Sie und Ihre Familie haben alles gut überstanden!"

Zu späterer Stunde war Elena plötzlich verschwunden. „Ich dachte, die Brautentführung kommt erst auf der Hochzeitsfeier!", witzelte Ralf. Isabell hingegen machte sich Sorgen. Ging es der schwangeren Elena etwa nicht gut?

Ines, die in den Plan der künftigen Braut eingeweiht war beruhigte sie. „Meinem Bruderherz werden gleich die Augen aus dem Kopf fallen.", flüsterte sie ihr zu.

Da sah das Mädchen auch schon Ralfs verblüfftes Gesicht. Sie folgte seinem Blick zur Tür und sah Elena – in einem weinroten Seidenkleid. Es hatte keine Träger und schien wie geschaffen für die attraktive Frau. Ihr kleiner Babybauch wurde von dem zarten Stoff leicht betont. Die dunklen langen Haare machten das elegante Erscheinungsbild perfekt.

Strahlend kam sie auf ihren Partner zu und er nahm sie in den Arm. Eine prickelnde Stimmung lag im Raum, in diesem Moment teilten sie ihre große Liebe mit all ihren Gästen.

Ralf hatte eine Idee, wie er Elena nun seinerseits überraschen konnte. Er ging hinter den Tresen und wechselte die CD in der Stereoanlage. Dann griff er zum Mikrofon und gab seiner Liebsten ein Ständchen. Passend zu ihrem Kleid hatte er sich „Lady in Red" dafür ausgesucht. Bei der romantischen Ballade blieb nun kein Auge mehr trocken, selbst Isabells Mutter konnte ihre Rührung nicht verbergen.

Katrin hatte Pascal auf ihren Schoß genommen. Der Vierjährige verstand nicht, warum seine künftige Stiefoma plötzlich weinte und strich ihr tröstend über die Wange. Sie drückte den Jungen fest an sich.

Nach diesen sehr emotionalen Momenten kam bald wieder Partystimmung auf. Der Höhepunkt jedes Familienfestes bei Ralf und seinen Verwandten war stets eine Polonaise.

Elena war wie verzaubert von der Atmosphäre. Sie fühlte sich und Pascal endlich von allen akzeptiert. Der Junge hatte unbedingt die Polonaise noch miterleben wollen, war dann aber auf Ralfs Arm eingeschlafen.

Isabell hingegen feierte mit den Erwachsenen bis etwa drei Uhr. Erst dann stand auch der Sieger des familieninternen Kegelturniers fest. Da Ralf sich heute nicht hatte beteiligen können, gewann sein Cousin das Turnier. Den zweiten Platz, den sonst meist sein Vater Steffen beansprucht hatte, errang dieses Mal Elena.

„Da haben sich ja zwei gesucht und gefunden, die perfekt zueinander passen. Wenn Ralf mitgemacht hätte, dann wäre unserem Traumpaar wohl ein Doppelsieg gelungen.", konnte sich Isabells Mutter einen süffisanten Spruch nicht verkneifen. Doch die anderen ignorierten sie.

Pascal, Elena und Ralf übernachteten bei Katrin und Henry, um nicht mehr mit dem Auto fahren zu müssen. Ralfs Vater hatte etwas zu viel getrunken.

„Wenn wir eine Feier haben, trinkt er meist mehr, als er verträgt. Er ist weit davon entfernt, ein Alkoholiker zu sein! Aber bei solchen Anlässen kann er sich einfach nicht beherrschen.", erzählte Ralf, als beide allein waren.

Elena hatte das unbeherrschte Reden ihres künftigen Schwiegervaters nicht gestört. Er hatte niemanden belästigt und war ohne Schwierigkeiten ins Bett gegangen.

Am nächsten Morgen wollte Henry jedoch möglichst gar nicht angesprochen werden. Katrin war sauer auf ihren Mann.

„Wer nichts verträgt, sollte es ganz einfach lassen!", war ihre Meinung zu den Kopfschmerzen ihres Gatten.

Auch Elena fühlte sich nicht besonders wohl. „Du hast es wohl doch ein bisschen übertrieben, oder?", stellte Ralf besorgt fest. Doch seine Verlobte winkte ab. „Das kann schon mal vorkommen, dass man im vierten Monat nicht mehr jeden Tag Luftsprünge macht.", beruhigte sie den Vater ihres noch ungeborenen Kindes.

Die ganze Familie nutzte diesen Sonntag zur Entspannung. Henry verbrachte den Nachmittag auf der Couch, während Katrin ein Bad genoss. Ines hatte sich mit einem Buch auf ihr Zimmer zurückgezogen und Ralf war mit dem Hund spazieren gegangen. Nachdem Elena seine Bitte, mitzukommen, abgelehnt hatte, entschied sie sich wenig später doch noch zu einem Spaziergang in der milden Winterluft.

Pascal war von dem hohen Schnee ohnehin begeistert. Er eilte seiner Mutter voraus, gerade soweit, dass sie ihn noch sehen konnte, und begann, einen Schneemann zu bauen. Elena sah ihm mit einen entspannten Lächeln dabei zu.

Der Junge hatte sein Werk fast beendet, als auf der Wiese Ralf und Lumpi erschienen. Der Hund rannte direkt auf den eben erbauten Schneemann zu und bevor Ralf eingreifen konnte, war davon nur noch ein großer Haufen Schnee übrig.

Pascal setzte sich mitten in den Schnee und begann bitterlich zu weinen.

Elena hatte Mitleid mit ihrem Sohn und versuchte, ihn zu trösten.

Auch Ralf war berührt von den Tränen des Kleinen. Er schaffte es schließlich, ihn wieder aufzumuntern. „Wir haben im Keller noch einen alten Schlitten. Was hältst du davon, wenn wir uns einen schönen großen Berg suchen und mit dem Schlitten fahren?"

Davon war Pascal begeistert. „Dann müssen wir auch den Henry mit-nehmen, dann vergisst er bestimmt sein Kopfweh!", meinte er fachmän-nisch.

Ralf konnte sich kaum halten vor Lachen. „Das muss ich meinem Vater erzählen! Vielleicht sollten wir ihm ein bisschen Schnee mitnehmen, damit er im Wohnzimmer einen Mini-Schneemann bauen kann!"

Elena sah den Ausruf ihres Sohnes eher praktisch. „Er hat ja sogar recht. Die Luft würde Henry bestimmt gut tun.", war ihre Ansicht.

Entspannt kamen die drei von ihrem Ausflug zurück. Auch Henry war inzwischen wieder auf den Beinen.

„Du hättest mitkommen sollen, das hätte dir bestimmt gut getan!", emp-fahl ihm Elena. Und Ralf fügte grinsend hinzu: „Pascal wollte dir sogar Schnee mitbringen zur Abkühlung!"

Die Hochzeitsvorbereitungen waren abgeschlossen, das Brautpaar freute sich nun auf den großen Tag. Der Hochzeitsmarathon begann zwei Tage vor der Trauung mit dem Polterabend.

Dieser wurde auf einem Sportplatz gefeiert. Henry hatte sich bereitwil-lig an den Grill gestellt. „Im Sommer grillen kann jeder!", fand er.

Auch sein Bruder sorgte wieder einmal für jede Menge Spaß. Die Freunde von Elena und Ralf zerschlugen tonnenweise Geschirr, dass beide unter großem Gelächter zusammenfegten. Auch Pascal half mit.

Elena machte sich nun im fünften Monat keine Mühe mehr, ihren Bauch zu verstecken. Ralf freute sich darüber, denn er fand seine zukünftige Frau „mit ein paar Kilo mehr noch schöner als vorher". Ihr selbst mach-ten diese auch nichts aus, sie freute sich riesig auf ihre Tochter.

Auch Ines war bereits Feuer und Flamme für ihre ungeborene Nichte. „Besonders schön finde ich, dass sie im Sommer zur Welt kommt. Da hat sie immer gute Chancen auf schönes Geburtstagswetter."

Ralf und Elena hatten ganz andere Sorgen. Neben den Vorbereitungen für ihre Hochzeit hatten die werdenden Eltern auch das Kinderzimmer eingerichtet. Ralf wollte das Zimmer seiner Tochter ganz in Rosa ein-richten, doch Elena protestierte energisch dagegen.

„Meine Kinder wachsen nicht mit so einem Kitsch auf! Außerdem passt Rosa überhaupt nicht zu dem hellen Holz der Möbel." Es gelang ihr schließlich, Ralf von ihrem Geschmack zu überzeugen und so wurde es ein nicht gerade farbenfrohes, aber dennoch sehr freundliches Zimmer.

So kurz vor der Hochzeit wurde Elena immer nachdenklicher. Ralf spürte ihre Unsicherheit und sprach sie darauf an.

„Bist du dir etwa nicht mehr sicher, ob wir wirklich heiraten sollen?", fragte er direkt.

„Doch, natürlich. Das ist es auch nicht. Du weißt, ich wollte schon einmal heiraten. Als Heiko starb, ist mir klar geworden, dass von heute auf morgen alles vorbei sein kann. Was ist denn, wenn einem von uns beiden etwas passiert? Was wird dann aus unserer Tochter – und aus Pascal?"

Er war regelrecht geschockt über die Gedanken seiner Verlobten. „Warum bist du plötzlich so unsicher? Was soll denn passieren? Mach dir doch keine Gedanken!", versuchte er sie zu beruhigen. Doch sie blieb hartnäckig, denn dieses Thema war ihr enorm wichtig. „Das beantwortet meine Frage nicht! Was wäre, wenn mir etwas passieren würde? Pascal ist nun einmal nicht dein Sohn! Würdest du ihn adoptieren und für ihn da sein, wenn ich es nicht mehr könnte?", fragte sie eindringlich.

„Ja, das würde ich!", sagte er bestimmt. „Und das werde ich auch tun! Direkt nach der Hochzeit werde ich ihn adoptieren. Für Pascal werde ich genauso da sein wie für dich und unsere Tochter!" Elena hörte an seiner Stimme, dass sie ihm glauben konnte. Was er eben gesagt hatte, meinte er sehr ernst. Er hatte verstanden, warum ihr dieses Thema so am Herzen lag.

Der große Tag war gekommen. Beide hatten die Nacht vor ihrer Hochzeit kaum schlafen können und auch Pascal war sehr aufgeregt. Er hatte sich ein ganz besonderes Hochzeitsgeschenk für seine Mutter und seinen Stiefvater überlegt, wovon er nicht einmal Isabell erzählt hatte.

Bereits um sechs Uhr morgens klingelten Ines und Henry bei den beiden. „Wir sehen uns vor dem Standesamt wieder.", sagte Ralf zum Abschied. Dann fuhr er mit seinem Vater zu seinem Elternhaus.

Ines blieb bei Elena. „Meine Mutter kommt nachher auch. Und Isabell wollte eigentlich auch da sein, wo bleibt sie denn?" Die Trauzeugin war genauso aufgeregt wie die Braut selbst.

Gerade als Elena aus dem Badezimmer kam, klingelte es wieder. Ines war schon an der Tür und öffnete ihrer Mutter, die auch Isabell mitbrachte.

Das Mädchen lockerte die Stimmung etwas auf. „Einen wunderschönen guten Morgen, ihr Lieben!", begrüßte sie Ines und Elena überschwänglich.

Pascal war inzwischen ebenfalls aufgestanden und umarmte Isabell. Auch Ines begrüßte der Junge fröhlich.

„Was machst du überhaupt noch hier, deine Sachen sind doch bei uns!", fragte Katrin verwundert. „Du hättest mit Ralf und Henry mitfahren sollen!"

Ratlos schaute der Junge Isabell an. Doch Ines reagierte blitzschnell. „Ich fahr ihn eben hinterher." Schon war sie mit Pascal zur Tür heraus.

Nun war es Elena, die entmutigt schaute. „Sie kann doch jetzt nicht einfach abhauen, wir haben doch noch so viel zu tun!", meinte sie.

Katrin beruhigte die nervöse Braut. „Isabell und ich sind doch auch noch da. Und Ines wird in spätestens einer Stunde wieder hier sein. Bis zur Trauung haben wir noch dreieinhalb Stunden, also mach dich nicht verrückt."

Tatsächlich war Ines sehr schnell wieder zurück. „Ich habe mein Bruderherz gleich noch mal dran erinnert, dass er den Brautstrauß holen muss." Elena trug bereits ihr tiefweißes Braukleid. Sie hatte es erst vor wenigen Tagen gekauft, um sicherzugehen, dass es ihr trotz Schwangerschaft passen würde. Nach dem Schminken und Frisieren würde sie nur noch die breite Stola über die dünnen Träger legen müssen.

Die drei waren begeistert von Elenas Kleid. „Ich fand es zuerst ein bisschen zu schlicht.", meinte Ines, „Aber du siehst fantastisch aus!" Katrin brachte kein Wort heraus.

Ines zauberte noch ein blaues Strumpfband hervor. „Du weißt ja, etwas Altes, etwas Neues...." Dieser alte Brauch war Elena zwar nicht so wichtig, aber sie ließ es sich gefallen. Die goldene Kette mit dem kleinen Herzanhänger war neu, im Gegensatz zu den Haarspangen, mit denen Ines nun hantierte. „Ich habe aber nichts Geliehenes.", meinte die Braut. Dieses Mal erwies sich Isabell als helfende Hand. „Das lässt sich ja ändern.", entgegnete sie und gab Elena ein blütensauberes Taschentuch. Diese bedankte sich grinsend.

Auch der Bräutigam neigte in seiner Aufregung zum Chaos. Das wusste sein Vater allerdings zu verhindern. Er band seinem Sohn nicht nur die Krawatte, sondern sorgte auch dafür, dass Ralf den Brautstrauß nicht vergaß.

Pascal hatte derweil großen Spaß daran, sich allein anzuziehen. Alle männlichen Gäste würden im Anzug erscheinen. Da wollte auch er keine Ausnahme machen.

Sein kleiner schwarzer Anzug mit dem weißen Hemd ähnelte sehr der Bekleidung des Bräutigams. Im Gegensatz zu ihm trug Pascal allerdings eine Fliege.

Ganz stolz trat er schließlich vor Ralf und Henry. Die beiden lachten, als sie den Jungen in seinem kleinen Anzug sahen. Aber Ralf war viel zu aufgeregt, um sich weiter damit zu beschäftigen.

Pascal störte das nicht, denn er hatte für das Brautpaar später noch eine ganz andere Überraschung. Vorerst war er zufrieden und sah den beiden Männern zu, wie sie die letzten Handgriffe an Ralfs Anzug und seinen Haaren erledigten, bevor sie sich zu dritt auf den Weg ins Standesamt machten.

Als der Bräutigam mit seinem Vater und Pascal vor dem Standesamt ankam, war von Elena noch nichts zu sehen. Isabell dagegen wartete schon auf die Drei. Sie hatte es sich zur Aufgabe gemacht, zu kontrollieren, ob alles perfekt war. Auf ihre Frage hin stellte Ralf mit Erschrecken fest, dass er etwas Entscheidendes vergessen hatte. „Die Ringe!"

Sein Cousin war schon wieder im Auto und beeilte sich, dieses wichtige Utensil aus dem Haus von Henry und Katrin zu holen.

Er war noch nicht wieder da, als Ines mit ihrer Mutter und der Braut vorfuhr. Ralfs Nervosität hatte nun ihren Höhepunkt erreicht. Elena, die nicht minder aufgeregt war, hatte Mühe, in ihrem langen Kleid aus dem Auto zu kommen.

Das Brautpaar begrüßte sich mit einem Wangenkuss. Ralf überreichte seiner zukünftigen Frau ihren Brautstrauß. „Du bist wunderschön!", flüsterte er ihr zu. In ihrer Aufregung gelang ihr nur ein kleines Lächeln. Dann erblickte Elena ihren Sohn. „Das ist ja süß!", rief sie gerührt, als sie ihn in seinem dunklen Anzug sah. Der Junge fühlte sich durch seine elegante Kleidung sehr erwachsen. Galant bot er seiner Mutter seinen Arm zum Einhängen. Die Hochzeitsgesellschaft fiel in begeistertes Lachen.

Doch das war nicht die einzige Überraschung für die Braut. Bis zuletzt hatte sie nicht gewusst, ob ihre Eltern ihrem großen Tag beiwohnen konnten. Nun sah sie die beiden und umarmte sie glücklich.

„Ich bin so froh, dass ihr da seid. Ohne euch hätte ich nicht heiraten wollen!" Ein paar Tränen der Rührung rollten ihr nach dem Wiedersehen über die Wangen.

Schließlich waren auch die Ringe da und alle betraten geschlossen das Rathaus. Durch die schnelle Reaktion von Ralfs Cousin lagen sie noch immer sehr gut im Zeitplan.

Nach wenigen Minuten rief der Standesbeamte zunächst das Brautpaar und die Trauzeugen in den Trauungssaal.

Elena übergab Ines ihren Brautstrauß aus lachsfarbenen Rosen, bevor sie sich setzte. Der Blumenschmuck im Trauzimmer war an den

Brautstrauß angepasst. Auch die Kerzen passten farblich zu den Blumen.

Die standesamtliche Trauung fand im kleinen Kreis statt. Außer den Trauzeugen und den Eltern des Brautpaares waren nur Antonia, Isabell und Steffen mit seiner Familie anwesend. Elena und Ralf hatten darauf bestanden, nur die Personen dabei zu haben, die ihnen besonders nah standen. Elena war ohnehin glücklich, dass ihre Eltern überhaupt zur Trauung angereist waren.

Der zarte Blumenschmuck schaffte eine sehr romantische Stimmung in dem kleinen Raum. Als musikalische Untermalung für die Trauung hatten sich Elena und Ralf „Lady in Red" ausgesucht, den Song, der ihnen seit ihrer Verlobungsfeier in ganz besonderer Erinnerung geblieben war. Bereits bei den ersten Tönen ergriff Elena die Hand ihres Bräutigams und sie wechselten einen zärtlichen Blick.

Zum Jawort erhoben sich alle von ihren Plätzen. Elena atmete tief durch. Der Standesbeamte hob die Stimme zur Traufrage. „Ich frage Sie, Frau Elena Uhlig, wollen Sie den hier anwesenden Ralf Habermann zu ihrem rechtmäßigen Ehemann nehmen?"

„Ja.", hauchte Elena. Ralf beantwortete die Frage mit fester Stimme. „Ja, ich will!"

Verstohlen wischte sich Ines eine Träne aus dem Augenwinkel. Sie gönnte ihrem großen Bruder sein Glück von ganzem Herzen und war gerührt, dass sie an diesem großen Tag eine so wichtige Aufgabe übernehmen durfte.

Nach der Trauung ging die kleine Hochzeitsgesellschaft zum Mittagessen. Das frisch vermählte Paar hatte einen Tisch in einem griechischen Restaurant reserviert.

Ralf war nun sehr gelöst, aber Elenas Aufregung war noch nicht verschwunden, denn die kirchliche Trauung stand noch bevor. Obwohl sie keine regelmäßige Kirchgängerin war und auch ihren Sohn nicht hatte taufen lassen, war ihr diese Zeremonie doch sehr wichtig.

Am Vormittag war der Himmel noch trüb gewesen, doch nun klarte es auf. „Ich glaube, der Wettergott meint es schon mal gut mit eurer kirchlichen Trauung.", wandte sich Isabell an das Brautpaar.

Tatsächlich strahlte die Sonne, als sie das Restaurant verließen. So bescheiden die standesamtliche Hochzeit gewesen war, so prachtvoll wurde nun die kirchliche Zeremonie. Das Brautpaar fuhr in einer weißen offenen Kutsche mit zwei Schimmeln in Richtung Schloss Moritzburg, wo die Trauung unter freiem Himmel stattfinden sollte.

Dort waren bereits alle anderen Gäste versammelt. Obwohl im Schloss ein Trauzimmer zur Verfügung stand, hatten sich Elena und Ralf eine kirchliche Trauung im Freien gewünscht. Angesichts des schönen Wetters wurde dieser Traum nun wahr.

Katrin war immer noch ganz entzückt von der Hochzeit ihres Sohnes. „Das war so schön! Wie soll denn erst die kirchliche Trauung werden?" Isabell teilte die Begeisterung ihrer Großtante. „Die beiden konnten sich für ihren schönsten Tag im Leben wirklich keinen besseren Ort aussuchen als hier!", war sie überzeugt.

Ralf hielt Elena seine Hand hin und half ihr aus der Kutsche. Dann ging er voraus zum Altar, während sie am Arm ihres Vaters über den roten Teppich schritt.

Am Altar nahm Ralf seine Frau wieder in Empfang. Sie setzten sich auf die weißen Stühle und lauschten den Worten des Pfarrers.

Durch Ralfs Konfessionslosigkeit konnten sich Ralf und Elena nicht das Jawort vor dem Pfarrer geben, sondern ihnen wurde der kirchliche Segen erteilt. Doch noch bedeutungsvoller war für das Paar das gegenseitige Ehegelübde, wobei sie erneut die Ringe tauschten.

„Mit diesem Ring nehme ich Dich, lieber Ralf, als meinen Mann. Ich werde Dich lieben, achten und ehren, in Gesundheit und Krankheit, in Reichtum und Armut bis dass der Tod uns scheidet."

Ralf nahm die Hände seiner Frau und sprach nun seinerseits das Gelübde. Pascal stand neben ihm und hielt, wie zuvor seiner Mutter, das Schmuckkästchen mit dem Ring hin.

„Sie dürfen die Braut jetzt küssen!" Das ließ sich Ralf nicht zweimal sagen. Die beiden versanken in einem langen, sehr innigen Kuss.

Die Gäste standen an dem roten Teppich, der zwischen den Sitzplätzen einen Gang bildete, Spalier für das Brautpaar und bewarfen sie mit Reis. Pascal lief vor ihnen und streute Blumen.

Bevor Elena und Ralf wieder in die Kutsche stiegen, kam nun Pascal mit seiner Überraschung auf sie zu. Lange war er nicht sicher gewesen, was er sagen sollte, aber schließlich hatte er die richtige Formulierung gefunden. „Ich hab gar kein Geschenk für euch!", begann er. „Aber ich habe heute selber ein Geschenk bekommen. Ab heute bist zu mein Papa!", rief er begeistert und fügte hinzu: „Mama und Papa, ich hab euch lieb!"

Die drei umarmten einander. Nicht nur Elena war unendlich gerührt von der liebevollen Geste ihres Sohnes, auch die Gäste hatten mit dieser Überraschung nicht gerechnet.

Der frischgebackene Ehemann half seiner Frau wieder in die Kutsche auch die Gäste machten sich für die Fahrt ins Restaurant bereit. Alle hatten an ihren Autos weiße Bändchen befestigt und nun fuhren sie in einer Karawane ein Stück hinter der Kutsche her.

Doch während das Brautpaar auf einem Umweg noch die Kutschfahrt genoss, fand sich die Hochzeitsgesellschaft bereits im Gastraum ein. Es wurden noch einige Überraschungen für Elena und Ralf vorbereitet.

Als die Kutsche schließlich vor dem Restaurant eintraf, war draußen fast niemand zu sehen. Nur Isabell kam den beiden mit einem verschmitzten Grinsen entgegen.

„Na ihr zwei, habt ihr euch noch ein bisschen entspannt?", fragte das Mädchen schelmisch.

Elena schlug die Hände vor das Gesicht. „Was kommt denn jetzt?", fragte sie skeptisch, stimmte aber in das Lachen ihres Mannes ein. Er ahnte, dass die Familie sich einige Neckereien für die Frischvermählten hatte einfallen lassen.

Wortlos ging Isabell mit den beiden zum Eingang. Doch sie konnten die schwere Holztür nicht öffnen, denn davor war ein weißes Laken gespannt, auf das ein großes Herz gemalt war. „Elena & Ralf: Just married", stand darauf. Isabell drückte ihnen zwei Nagelscheren in die Hände. „Bitte schön, viel Spaß beim Arbeiten!", wünschte sie und setzte sich auf einen großen Stein neben dem Eingang.

Nach einer kurzen Schrecksekunde machten sich die beiden lachend an die Arbeit. Alle Gäste waren inzwischen an die Fenster und beobachteten von drinnen, wie sich das Brautpaar in mühevoller Kleinarbeit den Weg freimachte. Schließlich wurden sie laut angefeuert und vollbrachten ihr Werk unter großem Jubel.

Doch auch als sie das Herz schließlich ausgeschnitten hatten, durften sie nicht so einfach hindurch steigen. „Nix da!", schritt Isabell ein, „Der Bräutigam muss seine Braut über die Schwelle tragen!"

Ralf und Elena sahen sich verblüfft an, doch schließlich hob er seine Angebetete hoch und trug sie unter schallendem Gelächter auf seinen Armen durch das Laken.

Obwohl sie dabei sehr viel Spaß hatten, war Ralf froh, als er Elena wohlbehalten wieder absetzen konnte. Er hatte Angst, dass sie stürzen und seinem ungeborenen Kind etwas passieren könnte. Das ließ er sich jedoch nicht anmerken.

Drinnen war die Tafel schon gedeckt. Auf den zu einem Quadrat angeordneten Tischen fand sich weißes Geschirr und Silberbesteck. Die Torten und Kuchen standen auf einem extra Tisch an der Wand, auch die vierstöckige Hochzeitstorte hatte hier ihren Platz gefunden. Entgegen einer klassisch weißen Hochzeitstorte, erkannte man an der nussig braunen Creme sofort, dass es sich um eine Nougattorte handelte.

Während das Brautpaar die Torte anschnitt, ging eine Laola-Welle durch den Raum. Die Stimmung war von Beginn an fantastisch.

Nachdem sich die Hochzeitsgesellschaft Kaffee und Kuchen hatte schmecken lassen, warteten noch viele Überraschungen auf das Brautpaar. Als Erstes präsentierten Ines und Isabell die Hochzeitszeitung, an der sie schließlich doch nur zu zweit gearbeitet hatten.

Elena konnte vor Lachen kaum ruhig atmen, als sie die Kinderfotos ihre Ehemannes sah. „Oh, wie süß!", rief sie ein ums andere Mal. Ralf nahm die Neckereien der beiden Zeitungsautorinnen mit Humor.

Mit vielen lustigen Gedichten und Spielen verging der Nachmittag wie im Flug. Zum Abendessen hatten Elena und Ralf ein warmes und kaltes Büffet bestellt.

Henry ließ sich den Wildgulasch mit Klößen und Rotkraut schmecken. Auch Elena griff nach der Aufregung des Tages jetzt richtig zu. Die meisten der Gäste hielten sich, noch gesättigt von den Kuchen und der Hochzeitstorte, eher an Salaten und der Käseplatte.

Nach dem Abendessen eröffneten Ralf und Elena den Abend mit einem Hochzeitstanz. Wie die meisten ihrer Gäste vermutet hatten, tanzten sie dabei nicht einen typischen Standardtanz, sondern erneut zu „Lady in Red". Dieser Song hatte inzwischen eine große Bedeutung für das Paar. Steffen hatte seine Gitarre mitgebracht und der Abend erreichte seinen Höhepunkt, als Henry plötzlich aus einem Nebenraum sein kleines Schlagzeug holte. Ausgelassen fanden sich nun alle Gäste auf der Tanzfläche ein. Dabei wechselten die Tanzpartner sehr häufig, während E-Elena sich in den Armen von Isabells Vater wiederfand, tanzte ihr Mann mit seiner Schwägerin Antonia.

Zwischendurch legten sie kleine Pausen ein. Elena konnte sich ein wenig mit Isabell unterhalten. „Wie läuft es denn bei dir? Wirst du immer noch gehänselt?"

Man gewöhnt sich an alles!", war die knappe Antwort.

„Ralf", flüsterte Elena erschrocken. Doch er schlief ruhig weiter. Mühsam erreichte sie ihre Nachttischlampe und machte das Licht an.

Ein Blick auf den Wecker sagte ihr, dass es kurz nach zwei Uhr war. Die Schmerzen in ihrem Bauch wurden heftiger. Sie schlug die Bettdecke zurück und wollte aufstehen, da bemerkte sie, dass sie blutete.

„Ralf!", rief sie nun verzweifelt. Endlich schlug ihr Mann die Augen auf. Ihm fuhr beim Klang ihrer Stimme der Schreck in die Glieder. Als er sah, in welcher Lage sich seine Frau befand, war er nicht minder aufgeregt.

Dennoch versuchte er, sie zu beruhigen. „Mach dir keine Sorgen, Schatz. Ich rufe jetzt den Arzt, der kriegt das schon hin. Bestimmt ist es gar nicht so schlimm und dem Kind geht es gut." Er war sich nicht sicher, ob Elena durch seine Worte tatsächlich ruhiger wurde. Sie flüsterte immer wieder „Das Baby, das Baby..."

Während Ralf den Notarzt rief, gingen ihm tausende Dinge durch den Kopf. Vor zwei Tagen hatten sie geheiratet. Sie waren die glücklichsten Menschen der Welt gewesen. Plötzlich schien dieses Glück am seidenen Faden zu hängen. Was würde nun passieren?

Inzwischen war auch Pascal wach geworden und hatte mitbekommen, dass etwas nicht stimmte. „Geh bitte wieder ins Bett, Mama geht es nicht gut, sie braucht Ruhe!", forderte Ralf seinen Stiefsohn auf. Doch damit erreichte er genau das Gegenteil. Pascal rannte an ihm vorbei und Ralf konnte gerade noch verhindern, dass er seine Mutter in diesem Zustand sah.

Ralf wusste sich keinen anderen Rat, als bei seinen Eltern anzurufen, während er Pascal auf dem Arm hielt. Es dauerte eine Weile, bis Ines ans Telefon ging.

„Du musst herkommen, wir brauchen Hilfe!", rief er sofort. Seine Schwester spürte, dass etwas Schreckliches geschehen sein musste. Sie war plötzlich hellwach und legte nach einem knappen „Ich komme!" den Hörer auf.

Mit Mühe und Not brachte Ralf Pascal wieder ins Bett und nahm ihm das Versprechen ab, dort zu bleiben, bis Ines da wäre. Dann konnte er endlich zurück zu seiner Frau.

Doch was er sah, ließ ihn erstarren. Elena war inzwischen bewusstlos geworden und hatte noch mehr Blut verloren. Verzweifelt versuchte Ralf, seine Frau aus ihrer Ohnmacht zu erwecken.

Endlich klingelte es an der Tür und die Sanitäter betraten die Wohnung. Ralf führte sie ins Schlafzimmer. Er war hin und her gerissen, ob er sich um Pascal kümmern oder bei Elena bleiben sollte.

Die Notärztin nahm ihm schließlich die Entscheidung ab. „Sie können jetzt nichts für ihre Frau tun. Kümmern Sie sich um den Jungen, er braucht Sie jetzt mehr denn je!" Rasch zog Ralf sich um, denn er trug noch immer seinen Schlafanzug, und ging dann ins Kinderzimmer.

Pascal saß weinend in seiner „Kuschelecke" unter seinem Hochbett und blickte auch nicht auf, als sein Stiefvater das Zimmer betrat. Ralf war außerstande, ihn mit Worten zu trösten. Schützend nahm er ihn in den Arm und strich über seinen Kopf.

Als er kurz darauf die Stimme seiner Schwester hörte, löste sich Ralf sanft von Pascal und verließ das Kinderzimmer. Ängstlich blickte ihm der Junge nach.

Die Sanitäter hatten Elena gerade auf der Trage gebettet, als Ines die Wohnung betrat. „Was ist...?", rief sie, doch beim Anblick ihrer bewusstlosen Schwägerin verstummte sie, starr vor Schreck.

Ralf stand in der Tür zu Pascals Zimmer und stierte mit leerem Blick auf Elena. Ines nahm ihren Bruder kurz in den Arm, dann sagte sie mit zitternder Stimme: „Fahr mit, ich nehme Pascal mit zu uns." Ralf nickte, wechselte schnell die Schuhe, nahm seine Jacke und folgte der Notärztin aus der Wohnung.

Ines blieb allein im Flur zurück. Geschockt ließ sie die Ereignisse der letzten Stunde noch einmal Revue passieren. Doch die junge Frau wusste, dass sie jetzt stark sein musste. Ihr Bruder und vor allem Pascal brauchten in dieser schweren Stunde ihre volle Unterstützung. Sie seufzte tief, straffte die Schultern und ging zu dem Jungen.

Katrin und Henry hatten weder von Ralfs nächtlichem Anruf noch vom überstürzten Aufbruch ihrer Tochter etwas mitbekommen. Umso mehr wunderten sie sich, dass Ines schon aus dem Haus war. Doch beide dachten mit keiner Silbe daran, dass etwas Entsetzliches geschehen sein könnte.

„Vielleicht hat sie vor der Arbeit noch einen Weg zu erledigen. Am Montag haben die meisten Behörden ja nur bis Mittag geöffnet.", murmelte Henry verschlafen und verschwand hinter seiner Zeitung. Katrin schien diese Erklärung einleuchtend, obwohl sie sich wunderte, warum ihre Tochter ihr nichts davon erzählt hatte. Aber Ines war schließlich erwachsen und konnte machen, was sie wollte.

Da hörten sie, wie die Haustür aufgeschlossen wurde. Verdutzt wechselten beide einen Blick und traten gemeinsam in den Flur.

Ines trug Pascal auf den Armen. Sie hatte Tränen in den Augen und auch der Junge weinte noch immer.

„Um Gottes Willen, was ist passiert?", fragte Katrin außer sich vor Sorge. Ines lief mit Pascal ins Wohnzimmer und legte ihn auf die Couch. Wortlos deckte sie den Jungen zu und verließ mit ihren Eltern den Raum.

Die zwei wussten noch immer nicht, wie sie mit der Situation umgehen sollten. Sie folgten Ines in die Küche, wo sie endlich erzählte, was geschehen war.

„Ralf hat heute Nacht angerufen. Es war etwas passiert, er sagte aber nicht, was. Ich bin dann sofort los. Elena – sie hat geblutet und war bewusstlos. Der Notarzt war schon da."

Die junge Frau stockte. Dann begann sie zu schluchzen. „Ich weiß nicht, was mit ihr ist. Aber wie so da lag, auf der Trage, das war furchtbar! Wenn sie so stark geblutet hat, dann hat sie wahrscheinlich das Baby verloren!"

Betroffen setzten sich Katrin und Henry. Was sie gerade gehört hatten, war nur schwer zu begreifen. Beide verspürten den Wunsch, so schnell wie möglich bei Ralf zu sein und ihrem Sohn beizustehen.

„Wo haben sie Elena hingebracht? In die Uniklinik?", wandte sich Henry an seine Tochter. Sie nickte. Katrin war schon auf dem Weg nach oben ins Schlafzimmer, um sich umzuziehen. Henry folgte ihr.

Ines ging wieder zu Pascal. Er lag ruhig da, offenbar stand er noch immer unter Schock. Sein leerer Blick tat ihr im Herzen weh. Die junge Frau war der Situation nicht gewachsen und entzog sich ihr wieder.

Siedend heiß fiel ihr ein, dass sie ja längst bei der Arbeit sein müsste. Doch sie konnte Pascal unmöglich allein lassen. Deshalb rief sie ihren Chef an und erklärte die Situation. Zum Glück stieß sie auf Verständnis und bekam einen Tag frei.

Obwohl sie wusste, dass Isabell um diese Zeit in der Schule war, wählte sie ihre Nummer. Wie erwartet meldete sich nur der Anrufbeantworter. „Isa, wenn du das hörst, setz dich bitte in den Zug und fahr nach Dresden. In die Uniklinik. Bitte!" Tränen erstickten ihre Stimme. Ines legte den Hörer auf und brauch weinend zusammen.

Niemand war zu Hause, als Isabell wenige Stunden später aus der Schule kam. Ihre Eltern waren noch bei der Arbeit, deshalb war sie mit dem Bus gefahren.

Der Anrufbeantworter blinkte. Isabell dachte sich nichts weiter und drückte die Taste zum Abspielen der Nachricht. Doch was sie hörte, ließ ihr das Blut in den Adern gefrieren. Schnell schrieb sie einen Zettel für ihre Eltern, nahm ihren Rucksack und rannte wieder zum Bus.

Erst drei Stunden später erreichte Isabell das Krankenhaus und fragte sich zur Notaufnahme durch. Da Ines ihr nicht gesagt hatte, wer im Krankenhaus lag, fragte sie zuerst nach Ralf. Doch er war nicht eingeliefert worden. Dann nannte sie Elenas Namen und erfuhr, dass sie tatsächlich in der Notaufnahme gewesen war und inzwischen auf der Intensivstation lag.

Isabell unterdrückte die Tränen, die ihr bei diesen Worten in die Augen stiegen, und machte sich auf den Weg. Doch sie wusste, dass sie nicht weit kommen würde. Da sie noch minderjährig war, hatte sie keinen Zutritt zu dieser Station.

Doch dann sah sie Ralf und seine Eltern. Sie saßen vor dem Eingang zur Intensivstation und warteten scheinbar auf den Arzt. Ralf stand immer wieder auf und lief auf dem Gang hin und her.

„Wir wissen immer noch nichts", sagte Henry matt. „Wo ist Pascal?", fragte Isabell ängstlich. Katrin erzählte ihr, dass Ines auf den Jungen aufpasste.

Ralf, der bis jetzt schweigend auf und ab gelaufen war, begann plötzlich wie zu sich selbst zu sprechen. „Als ob sie es geahnt hätte. Sie wollte, dass für Pascal gesorgt ist. Dass sich jemand um ihn kümmert. Deshalb wollte sie, dass ich ihn adoptiere. Warum habe ich es nicht gleich getan? Warum wollte ich bis nach der Hochzeit warten?"

Geschockt starrten sich die anderen an. Isabell hatte das Gefühl, etwas unternehmen zu müssen. „Das kannst du doch trotzdem tun, wenn Elena wieder gesund ist!" Das Mädchen ahnte die Gedanken, die ihrem Großcousin in diesem Moment durch den Kopf gingen. Niemand wusste, wie es um seine Frau stand. Dennoch war die Hoffnung, dass Elena wieder gesund werden würde, groß.

In diesem Moment öffnete sich die weiße Tür zur Intensivstation und ein Arzt erschien. Er wandte sich direkt an Ralf.

„Herr Habermann, kommen Sie bitte mit!", forderte der Arzt Ralf auf. Sein Gesicht war sehr ernst. Als die beiden Männer verschwunden waren, machte sich unter den anderen Panik breit.

„Was hat das zu bedeuten? Sie wird doch wohl nicht..." Isabell konnte das Unfassbare nicht aussprechen. Obwohl sie nicht an Gott glaubte, betete sie in diesem Moment, dass sie sich irrte und es Elena den Umständen entsprechend gut ging.

Es dauerte nur wenige Minuten, bis Ralf zurück kam. Sein Gesicht war starr, er war sehr bleich. Isabell zitterte und flüsterte, für die anderen nicht hörbar: „Bitte nicht!"

Ralf setzte sich und sprach mühsam das aus, was der Arzt ihm mitgeteilt hatte. „Sie liegt im Koma!"

Niemand war zu einem Wort fähig. Henry legte seinem Sohn die Hand auf die Schulter und versuchte, ihn zu beruhigen. Doch für Ralf gab es in diesem Moment keinen Trost.

Isabell hielt es nicht mehr aus. „Ich muss zu Pascal!", rief sie. Katrin nickte. „Ich fahre dich hin. Bleibst du bei ihm?", wandte sie sich an ihren Mann. Durch einen kurzen Augenaufschlag gab er ihr zu verstehen, dass sie ruhig fahren sollten.

Katrin schloss die Haustür auf und sofort kam ihnen Pascal entgegen. Er rannte direkt auf Isabell zu. Sie umarmte den Jungen lange und innig. Voller Angst sah Ines, die inzwischen ebenfalls in den Flur gekommen war, ihre Mutter an. Doch Katrin konnte ihrer Tochter in diesem Moment nicht erklären, was passiert war. Weinend ging sie an ihr vorbei und setzt sich in die Küche. Ines folgte ihr.
Pascal hatte sich aus Isabells Umarmung gelöst und sah sie ernst an. „Kommt Mama wieder?"
Die Formulierung dieser Frage jagte dem Mädchen einen Schauer über den Rücken. Pascal fragte nicht wann, sondern ob er seine Mutter wiedersehen würde. Mit seinen vier Jahren konnte er die Tragweite der Situation zwar noch nicht begreifen, dennoch schien er sich im Klaren darüber zu sein, dass seine Mutter in Gefahr schwebte.
Deshalb entschied sie sich, ihm die Wahrheit nicht vorzuenthalten. „Das hoffen wir alle sehr!"
Sie wusste, dass ihn dieser Satz nicht gerade beruhigen würde. Jeder Erwachsene hätte „Natürlich!" oder „Ganz sicher!" auf Pascals Frage geantwortet.
Aber es war nicht sicher, dass Elena wieder gesund würde, das wusste Isabell. Sie wollte dem Kleinen nichts versprechen, was sich womöglich nicht erfüllen würde. Allein der Gedanke, dass Pascal seine Mutter verlieren könnte, löste in ihr eine tiefe Verzweiflung aus.
Ines hatte derweil von ihrer Mutter erfahren, in welchem Zustand sich Elena befand. Weinend sah sie zu Pascal. Isabell nahm ihre Großcousine in den Arm und versuchte, ihr Trost zu spenden.

Erst spät am Abend kamen die beiden Männer aus dem Krankenhaus. Ralf ging sofort in sein ehemaliges Zimmer.
Henry betrat das Wohnzimmer, wo Katrin und Ines bereits auf Nachrichten warteten. Auch Isabell war noch da.
Doch er konnte ihnen nichts sagen. „Unverändert" war alles, was er zu berichten hatte. Ines weinte, während sich Katrin noch immer in einem Schockzustand befand, der keine Tränen zuließ.
Wieder versuchte Isabell, der Lage Herr zu werden. Sie stand auf und verließ den Raum, um nach Ralf zu sehen. Pascal ging mit ihr.

Ralf saß auf seinem Bett und vergrub sein Gesicht in den Händen. Zögernd setzte sich Isabell zu ihm. Pascal stand vor ihr und sah seinen Stiefvater bekümmert an.

Langsam nahm Ralf seine Hände herunter und sah zu Isabell. Sein Blick war leer. Ohne, dass er ein Wort sagen musste, verstand Isabell, dass er keine Kraft hatte, sich um Pascal zu kümmern. Sie stand dem kleinen Jungen ebenso nah, also musste sie jetzt für ihn da sein.

Direkt nach der Schule fuhr Isabell am nächsten Tag wieder zu Katrin und Henry. Sie rechnete damit, dass Ralf bei Elena im Krankenhaus war. Doch er öffnete ihr die Tür.

Nach einer kurzen Umarmung fragte sie: „Wie geht's ihr?" Ralf sagte nur, dass es nichts Neues gäbe und führte sie ins Wohnzimmer.

Pascal lag auf der Couch und starrte an die Decke. Beklommen sahen sich Katrin und Isabell an, bevor sie zu ihm ging.

„Hallo Mops.", sagte Isabell leise, doch er reagierte nicht. Erst als sie ihm sanft über die Wange strich, setzte er sie auf und schmiegte sich an sie.

Da klingelte es erneut an der Tür. Mit einem tiefen Seufzer lief Katrin in den Flur, um zu öffnen.

Entgegen ihrer temperamentvollen Art betrat Antonia zögerlich den Raum und nickte kurz zum Gruß. Sie bemerkte, dass Isabell bei Pascal saß. „Wenn ihr wollt, nehme ich ihn ein paar Tage zu mir!", bot sie an, aber davon wollte niemand etwas wissen.

„Ich glaube, es ist das Beste für ihn, wenn er hier bleibt und Isabell so oft wie möglich bei ihm ist.", sagte Katrin bestimmt. Ralf äußerte sich gar nicht dazu. Er stand an der Balkontür und stierte in die eintretende Dunkelheit.

Antonia trat zu ihrem Schwager und schloss ihn in die Arme. In diesem Moment brach alle Verzweiflung aus ihm heraus und er begann bitterlich zu weinen.

Nachdem Isabell Pascal zu Bett gebracht hatte, bat Ralf das Mädchen um ein Gespräch unter vier Augen. Wortlos folgte sie ihm in sein ehemaliges Jugendzimmer.

„Ich habe heute mit dem Arzt gesprochen. Du darfst Elena besuchen, obwohl du erst dreizehn bist."

Isabell war geschockt. Damit hatte sie nicht gerechnet. Sie war sich auch nicht sicher, ob es Elena helfen könnte, wenn sie bei ihr war.

Deshalb fragte sie: „Was erhoffst du dir davon?" Ralf blickte sie erstaunt an.

„Ich weiß es nicht!", rief er aufgebracht. „Ich habe keine Ahnung, ob es was bringt! Aber was sollen wir sonst tun? Warten und zusehen, wie sie langsam stirbt? Willst du das wirklich?"

Nun war auch Isabell außer sich. Sie fühlte sich persönlich angegriffen. „Natürlich will ich das nicht! Wenn ich könnte, würde ich ihr helfen! Aber wie denn?"

Ines betrat nach einem kurzen Klopfen das Zimmer. „Alles in Ordnung bei euch?", fragte sie verwundert.

„Klar, alles bestens!", entgegnete Ralf schnippisch. Ines nahm ihm seine Reaktion ihr gegenüber nicht übel. Trotzdem wollte sie den Grund für den Streit zwischen ihm und Isabell wissen, denn sie waren bisher immer ein Herz und eine Seele gewesen und vertrauten einander vollkommen.

Isabell schob sie sanft zur Tür hinaus und ging mit. „Er möchte, dass ich Elena besuche." „Wie bitte?", rief Ines entgeistert und wollte wieder zu ihrem Bruder gehen.

Das Mädchen hielt sie zurück. „Das hat doch keinen Sinn. Ich kann ihn ja sogar verstehen. Er klammert sich an jeden Strohhalm. Bin mittlerweile ernsthaft am Überlegen, ob ich es mache."

Ines war fassungslos. „Das ist doch nicht dein Ernst! Willst du dir das wirklich antun?"

„Vielleicht hat er ja recht und es bringt was. Einen Versuch ist es doch wert, oder?"

Ines schnappte nach Luft. Sie war absolut geschockt von der Idee ihres Bruders, auch wenn sie seine Gründe verstand. Isabell würde sich jedoch nicht umstimmen lassen, wenn sie für sich die Entscheidung, Elena zu besuchen, getroffen hatte, das wusste sie.

Isabell wusste nicht, ob ihre Entscheidung richtig gewesen war. Auf den Unterricht konnte sie sich am folgenden Tag absolut nicht konzentrieren. Doch schließlich machte sie sich tatsächlich auf den Weg zu Elena. Ihre Schritte wurden auf dem Weg zur Intensivstation immer langsamer. Mühsam schleppte sie sich die Treppen hinauf.

Die an ihr vorbei stürmende Frau erkannte sie erst, als diese sich eine Etage tiefer kurz umdrehte und Isabell anstarrte. Es war Antonia. Nachdem sie sich einen Moment lang in die Augen gesehen hatten, rannte sie weiter.

Das Mädchen war verwirrt von Antonias Verhalten. Offenbar war ihr der Anblick ihrer bewusstlosen Schwester zu viel geworden und sie war außer sich.

Diese Begegnung schürte Isabells Angst vor dem, was gleich auf sie zukommen würde, noch mehr. Doch sie gab sich einen Ruck und ging weiter. Sie tat es für Ralf und vor allem für Pascal.

Elena lag, angeschlossen an einen Beatmungsschlauch, mit bleichem Gesicht da und zeigte keine Regung. Dieser Anblick überstieg Isabells schlimmste Befürchtungen und trieb ihr die Tränen in die Augen.

Sie starrte auf die vielen Geräte und Monitore, die am Kopfende des Bettes standen. Plötzlich bemerkte sie, dass der Wert einer Anzeige, Isabell vermutete, dass es der Puls war, immer weiter anstieg. Elenas Augen begannen zu zucken. Isabell drückte mehrmals den Notfall-Knopf, doch es kam niemand.

Verzweifelt sprach sie zu Elena, ohne zu wissen, ob diese sie hören konnte. „Du musst dich beruhigen! Keine Angst! Pascal geht es gut, mach dir keine Sorgen. Ich werde immer für ihn da sein!"

Das Mädchen stockte. Was sie eben gesagt hatte, war ein Versprechen. Wie kam sie jetzt plötzlich darauf, über Pascal zu reden?

Elena schien einen Krampfanfall erlitten zu haben. Ihr ganzer Körper zuckte heftigst. Endlich stürmten mehrere Ärzte in das Zimmer. Isabell wurde nach draußen gedrängt. Voller Angst und Verzweiflung sah sie noch einmal zu Elena.

Isabell war unfähig, einen klaren Gedanken zu fassen. Sie saß vor der Intensivstation und starrte auf den Boden. Wie lange sie dort verharrte, wusste sie nicht.

Da öffnete sich die Tür und einer der Ärzte, die um Elenas Leben gekämpft hatten, trat hinaus. Er blickte Isabell an und schüttelte leicht den Kopf.

Die grausame Wahrheit traf das Mädchen wie ein Schlag. Tausende Gedanken gingen ihr durch den Kopf. Die meisten davon drehten sich um Pascal und Ralf.

Benommen stand sie auf und verließ das Krankenhaus. Sie realisierte nicht, was sie tat und wohin sie lief. Auch die Zugfahrt realisierte das Mädchen nicht. Doch ihr Instinkt führte sie zum Haus von Ralfs Eltern.

Erst vor dem Haus wurde ihr bewusst, was jetzt auf sie zu kam. Sie musste der Familie, vor allem Ralf und dem kleinen Pascal das sagen, was man eigentlich nicht in Worte fassen konnte. In diesem Moment war sie froh, dass sie bei Elena gewesen war und nicht Ralf. Sie würde mit den schrecklichen Erinnerungen leben müssen, ihm waren sie erspart geblieben. Die nächste Zeit würde ohnehin unendlich schmerzhaft für ihn werden.

Ines öffnete Isabell die Tür. Sie konnte sich denken, dass Isabell Elena besucht hatte und deshalb sehr mitgenommen war. Was das Mädchen zu sagen hatte, ahnte sie jedoch nicht im Geringsten.

Mit zaghaften Schritten ging Isabell durch den Flur und betrat das Wohnzimmer. Wie gelähmt blieb sie im Türrahmen stehen und blickte Ralf in die Augen.

Katrin saß auf der Couch und hoffte, dass Isabell etwas sagen würde. Die gespenstische Stille ließ in ihr eine schreckliche Ahnung aufkommen. Auch Ines blickte zwischen ihrem Bruder und Isabell hin und her.

Ralf wusste von einer Sekunde auf die andere, was Isabells starrer Blick zu bedeuten hatte. Er wusste es und konnte es doch nicht begreifen. Fluchtartig verließ er den Raum.

Auch die anderen hatten begriffen, was geschehen war. Ines brach in Tränen aus und nahm ihre Mutter in die Arme. Henry flüsterte: „Ich hole Pascal.", und ging nach oben.

Nun kam das, wovor Isabell sich am Meisten gefürchtet hatte. Sie musste dem Jungen erklären, dass seine Mutter verstorben war. Pascal war ein sehr intelligentes und sensibles Kind. Ihm konnte man nichts vormachen.

Isabell beschloss, mit dem Jungen unter vier Augen zu sprechen. Sie wollte ihn nicht noch mit der Trauer der anderen Familienmitglieder konfrontieren.

Deshalb folgte sie Henry und blieb mit Pascal im Gästezimmer. „Komm mal zu mir.", forderte sie ihn auf, setzte sich auf eines der Betten unter der Dachschräge und klopfte leicht neben sich auf die Bettdecke.

Doch Pascal ging darauf nicht ein. Statt dessen wiederholte er die Frage, die ihm, seit seine Mutter ins Krankenhaus gebracht worden war, auf der Seele lag.

„Kommt Mama wieder?"

Nun konnte auch Isabell nicht mehr an sich halten. Die Tränen rannen über ihre Wangen. Zögernd schüttelte sie den Kopf.

Pascal schmiegte sich eng an das Mädchen und schluchzte herzzerreißend. Schützend nahm sie ihn in die Arme und hielt ihn fest. In diesem Augenblick schwor Isabell sich, das Versprechen, welches sie Elena am Sterbebett gegeben hatte, einzulösen. Sie wollte immer für Pascal da sein.

Obwohl sie am nächsten Tag wieder zur Schule musste, fuhr Isabell an diesem Abend nicht nach Hause. Henry hatte ihren Vater angerufen und ihm von Elenas Tod berichtet. Er hatte ihr daraufhin ein paar Sachen vorbei gebracht und war kurz darauf wieder gefahren, nicht ohne der ganzen Familie sein Beileid auszusprechen.

Doch Ralf war für kein Wort empfänglich. Er saß die ganze Nacht auf seinem Bett und starrte auf das Hochzeitsfoto, welches neben ihm und Elena auch Pascal zeigte.

Ines fragte ihren Bruder, ob er nach oben zu seinem Stiefsohn gehen wollte. Doch auch darauf reagierte er nicht. Sie sah ein, dass es keinen Sinn hatte und verließ das Zimmer wieder.

Am nächsten Morgen fuhr Ines Isabell zur Schule, bevor sie selbst zur Arbeit ging. Auch Katrin machte sich auf den Weg ins Geschäft. Niemand von ihnen wusste, wie das Leben jetzt weiter gehen sollte. Aber sie konnten sich nicht ganz aus dem Alltag zurückziehen, dass wussten sie.

Henry bot Ralf an, ihm bei den Vorbereitungen für Elenas Beerdigung zu helfen. Als sein Sohn sich auch daraufhin nicht rührte, setzte er sich selbst mit einem Bestattungsunternehmen in Verbindung und erledigte die Formalitäten.

Am späten Vormittag kam Antonia. Henry bat sie herein. „Ralf ist in seinem Zimmer. Er hat bisher noch kein Wort gesprochen, seitdem er es weiß.", erzählte er. Sie nickte und klopfte zaghaft an der Zimmertür. Nach kurzem Zögern trat sie ein.

Es war dunkel in dem kleinen Raum, Ralf hatte die Vorhänge zugezogen. Das Hochzeitsbild stand auf einem kleinen schwarzen Tisch, daneben brannte eine Kerze.

Regungslos saß Ralf auf dem Bett und starrte das Foto an. Antonia nahm neben ihrem Schwager Platz und schwieg ebenfalls.

Endlose Minuten der Stille vergingen. Dann plötzlich begann Ralf, sich seinen Schmerz von der Seele zu reden.

„Es war alles so schön, so perfekt. Ich hab das einfach so selbstverständlich hingenommen. Sie war da ganz anders. Hat sich Sorgen gemacht wegen Pascal. Als ob sie es geahnt hätte. Verstehst du? Sie hat es vorausgesehen!"

„Das glaube ich nicht.", entgegnete Antonia. „Ich glaube nicht, dass sie geahnt hat, was passieren würde. Aber bei ihr musste immer alles abgesichert sein. Erst recht Pascal. So war meine Schwester eben."

Ralf machte sich bittere Vorwürfe. „Und ich habe sie noch vertröstet. Ich habe ihr versprochen, dass ich Pascal gleich nach unserer Hochzeit adoptieren werde. Ihr war das wirklich wichtig, das habe ich gespürt."

„Sei froh, dass du es nicht getan hast!", sagte Antonia. Ralf sah sie verblüfft an.

Sie wand sich. „Dann hättest du jetzt die volle Verantwortung und die Behörden würden sich gar nicht darum kümmern, was mit dem Jungen passiert. So werden sie auf jeden Fall die beste Lösung für ihn finden, wie auch immer die aussehen wird."

Doch Ralf wollte im Moment gar nicht darüber nachdenken, was nun auf ihn zukommen würde. Er schnappte sich seine Jacke und verließ das Haus.

Henry und Isabell saßen mit dem Bestatter im Wohnzimmer. Es gab viel auszusuchen und zu organisieren, was beiden sehr schwer fiel. Aber Ralf war absolut nicht in der Lage dazu, sich um die Beerdigung seiner Frau zu kümmern.

Es dauerte über eine Stunde, doch schließlich war alles geklärt. Während Henry den Herrn zur Tür brachte, blieb Isabell im Wohnzimmer zurück.

Wehmütig dachte sie an die vergangene Zeit zurück. „Vor ein paar Wochen haben wir noch Einladungskarten für die Hochzeit gebastelt und jetzt müssen wir für die Beerdigung Einladungen schreiben.", flüsterte sie unter Tränen.

Henry war inzwischen zurückgekommen und hatte ihre Worte gehört. Er nahm das Mädchen tröstend in den Arm. „Ich bin froh, dass du da bist!", gestand er.

Ralf war mit Pascal bei seinen Eltern geblieben. Isabell kam täglich vorbei und kümmerte sich vor allem um Pascal. Der Junge war völlig verschlossen und sprach kaum noch ein Wort.

Am Morgen von Elenas Beerdigung klingelte Isabell schon früh. Pascal war, wie in den letzten Tagen auch, erst sehr spät eingeschlafen und nun noch nicht wach.

Zur Begrüßung umarmten sich Katrin und Isabell kurz. Auch Henry stand im Bademantel im Flur.

„Bin ich zu zeitig da?", fragte das Mädchen. Er schüttelte den Kopf. „Ines ist noch im Bad. Du kennst sie ja. Bei Ralf war ich noch nicht."

Isabell verstand die unausgesprochene Bitte und klopfte an Ralfs Zimmertür. Nachdem keine Reaktion kam, trat sie zaghaft ein.

Doch es war niemand in dem Raum. Ralf hatte das Haus verlassen.

Fragend blickte sie Henry an, der noch hinter ihr stand. Er hob ratlos die Schultern. „Vielleicht ist er bei Lumpi?", mutmaßte er. Isabell trat hinaus und bemerkte, dass er recht hatte. Der Hundezwinger war leer. Ralf war mit Lumpi spazieren gegangen.

Erst zwei Stunden später hörten sie, wie jemand die Haustür aufschloss. Ohne ein Wort ging Ralf geradewegs wieder in sein Zimmer.

Katrin folgte ihm. „Möchtest du etwas essen?", fragte sie leise. Sie bekam keine Antwort. Seufzend verließ sie den Raum.

„Ich komme einfach nicht an ihn heran!", schluchzte sie verzweifelt. Isabell umarmte ihre Großtante.

„Er weiß, dass wir für ihn da sind. Wenn er das Bedürfnis hat, zu reden oder einfach nur nicht alleine zu sein, dann wird er von selbst kommen, da bin ich mir sicher. Im Moment tun wir ihm, glaube ich, den größten Gefallen, wenn wir ihn in Ruhe lassen.", meinte das Mädchen.

Katrin hatte sich ein wenig beruhigt und sah auf die Uhr. „Wir müssen bald los. Glaubst du, er kommt überhaupt mit zur Beerdigung?"

Isabell konnte dies nicht beantworten. „Das muss er selbst wissen, wie er sich von Elena verabschieden möchte. Vielleicht kommt er auch nach und ist lieber allein am Grab. Wir werden es sehen. Ich gehe jetzt zu Pascal.", sagte sie und lief die Treppe hinauf.

Doch Katrins Befürchtungen erfüllten sich nicht. Wenig später kam Ralf aus seinem Zimmer, in einem schwarzen Anzug. Die Blicke der beiden trafen sich kurz, dann zog er sich wortlos sein Jackett über und ging zu seinem Auto.

In diesem Moment kamen Isabell und Pascal herunter. Sie bemerkte, dass Ralf das Haus wieder verlassen hatte, aber Katrin gab ihr zu verstehen, dass er mit zur Beerdigung kommen würde.

Ralf fuhr allein zum Friedhof. Isabell und Pascal stiegen zu Ines ins Auto. Keiner der Drei sprach während der Fahrt ein Wort, alle waren in ihre Gedanken versunken. Isabell hielt Pascals Hand.

Auf dem Parkplatz hatten sich bereits einige der Verwandten versammelt. Nach und nach fanden sich immer mehr Autos ein. Viele Freunde, die auch bei der Hochzeit dabei gewesen waren, wollten Elena die letzte Ehre erweisen. Pascal, der nicht wusste, was nun passieren würde, klammerte sich ängstlich an Isabells Arm.

Langsam schritten sie durch den leichten Regen in die Kirche. Ralf wurde von Antonia gestützt. Ein Meer aus weißen Rosen schmückte den hellen Eichensarg. Davor stand eines der Bilder, die Ralf besonders liebte. Das Foto war auf der Verlobungsfeier entstanden und zeigte Elena strahlend schön in ihrem roten Kleid, in dem sie alle bewundert hatten.

Wie versteinert blieb Ralf vor dem Sarg stehen. Seine Schwägerin brachte ihn schließlich dazu, sich zu setzen. Da erklang der Song, der dem Paar so viel bedeutet hatte. Die ersten Töne von „Lady in Red" rissen ihn schließlich aus seiner Lethargie. Weinend sank er in Antonias Arme.

Auch Pascal ließ seiner Trauer freien Lauf. Isabell versuchte nicht, ihn zu beruhigen, denn sie wusste, dass es gut tat, den Schmerz herauszulassen. Sie hielt Pascal in ihren Armen und strich ihm sanft über den Rücken.

Dann fiel ihr Blick auf Elenas Eltern. Noch vor zwei Wochen, bei der Hochzeit, hatte ihr Vater gut erholt ausgesehen. Jetzt, im Augenblick der tiefen Trauer, wirkte er krank und gebrechlich. Stumm lauschten er und seine Frau den Worten den Pfarrers. Inwieweit deren Bedeutung zu ihnen durchdrang, vermochte Isabell nicht zu sagen.

Doch für sie selbst ergab die Rede weder Trost noch einen tiefen Sinn. Ein Mensch war viel zu jung gestorben, ein Kind hatte seine Mutter verloren, ein junger Mann trauerte um seine große Liebe, die Eltern mussten ihre Tochter beerdigen; wo sollte da der Sinn sein?

Nach dem Trauergottesdienst umarmte Isabell kurz ihren Vater, bevor sie gemeinsam die Kirche verließen. Ihre Mutter und ihre Großeltern hatten es abgelehnt, mit zu Elenas Beerdigung zu kommen. „Ist alles in Ordnung mit dir?", fragte er liebevoll. Sie nickte matt. Dann folgten sie den anderen zum Grab.

Mit gesenktem Kopf stand Ralf am offenen Grab und nahm Abschied von seiner großen Liebe. In diesem Moment wollte er niemanden neben sich haben, auch nicht Antonia, die in den letzten Tagen als Einzige zu ihm durchgedrungen war.

Nachdem sich auch seine Eltern und Ines von Elena verabschiedet hatten, traten Pascal und Isabell nach vorne. Sie spürte, dass der Junge zitterte.

Plötzlich riss er sich von ihrer Hand los und warf sich schreiend auf die Erde. „Mama!!!" Isabell reagierte blitzschnell, kniete sich hin und schloss ihn in die Arme. Ines kam ihr zu Hilfe und führte beide einige Schritte zurück.

Die Umstehenden waren geschockt von der grenzenlosen Verzweiflung des kleinen Jungen. Niemand hatte mit einem derartigen Zusammenbruch gerechnet. Das sensible Kind begriff nicht, warum seine Mutter nicht mehr am Leben war. Er vermisste sie schmerzlichst.

Nach der Beisetzung verabschiedeten sich alle auf dem Parkplatz voneinander. Auf einen Leichenschmaus hatten sie verzichtet, denn es schien Henry und Katrin nicht angemessen, in Pascals Anwesenheit in eine Gaststätte zu gehen, nachdem seine Mutter beerdigt worden war. Ralf war ohnehin nicht in der Lage dazu.

Isabell fuhr wieder mit. Nach der Ankunft setzten sich alle gemeinsam ins Wohnzimmer, auch Ralf blieb bei seiner Familie. Niemand wagte es, ein Wort zu sagen, um die anderen in ihrer Trauer nicht zu stören. Antonia unterbrach das Schweigen schließlich. „Am Montag werde ich in die Agentur fahren und schauen, wie es dort läuft. Ich hätte nicht gedacht, dass kein Einziger der Mitarbeiter zur Beerdigung erscheint! Die haben wohl alle keine Angst um ihren Arbeitsplatz!" Fassungslos sah Isabell sie an. Das störte Antonia jedoch nicht im Geringsten.

Sie wandte sich an ihren Schwager. „Du hast doch nichts dagegen, wenn ich mich darum kümmere? Ich meine, du hast ja jetzt sicher keinen Kopf dafür und bist ja mit der Materie auch überhaupt nicht vertraut!" Ralf nickte nur.

Nun war es endgültig um Isabells Fassung geschehen. „Stimmt, er hat grade wirklich keinen Kopf dafür!", giftete sie. „Und mir ist es unbegreiflich, wie Sie gerade jetzt an so etwas denken können! Ihre Schwester liegt noch keine zwei Stunden unter der Erde, und Sie sehen schon das große Geld, was sie daraus schlagen können!"

Von diesen Worten zeigte sich Antonia völlig unbeeindruckt. „Jemand muss sich um den Nachlass kümmern.", entgegnete sie kühl. „Das wäre auch in Elenas Interesse gewesen. Im Übrigen solltest du nicht so schreien, damit regst du Pascal nur unnötig auf. Der Junge macht schon genug durch. Und dir liegt er doch immer so sehr am Herzen!", konterte sie mit einem süffisanten Unterton.

Zu Isabells Entsetzen war Ralf mit seiner Schwägerin völlig einer Meinung. „Ich habe jetzt weder die Nerven dafür, noch kenne ich mich mit den Arbeitsabläufen aus. Antonia hat recht, es muss sich jemand darum kümmern. Elena hätte auch nicht gewollt, dass ihre Mitarbeiter auf der Straße landen. Und Antonia ist die Einzige, die einen Überblick hat!"

Pascal hatte die Bindung zu seinem Stiefvater völlig verloren. Wenige Tage nach der Beerdigung kehrten beide wieder in ihre Wohnung zurück und Ralf versuchte, in den Alltag zu finden. Antonia bestärkte ihn darin.

Pascal ging wieder in den Kindergarten, aber er war nicht mehr derselbe. Statt wie früher mit den anderen Kindern zu spielen, saß er meist den ganzen Tag am Tisch und malte.

„Es ist zum Verzweifeln, er tut mir so leid!", sagte die Erzieherin eines Tages zu Ralf, der Pascal abholte. „Der Junge sitzt nur noch da und malt sich mit seiner Mutter. Wenn man ihm doch nur helfen könnte!"

Sie erhielt keine Antwort darauf. Wortlos stand Ralf dabei, während Pascal sich anzog. Schweigend ging er mit ihm zum Auto und fuhr nach

Hause. Auch als sie in der Wohnung angekommen waren, sagte er nichts.

Täglich bekamen die beiden Besuch von einem Familienmitglied. Natürlich bemerkten alle die Kluft, die zwischen ihnen entstanden war.

„So kann es nicht weiter gehen!", wandte sich Ines schließlich an Antonia. Sie hatte sich an die Schwägerin ihres Bruders gewandt, weil sie seit Elenas Tod die einzige Person war, mit der er noch sprach.

Diese stimmte ihr zu. „So kann es wirklich nicht weiter gehen. Das ist weder für Ralf noch für den Jungen gut. Ich werde mit ihm reden und eine Lösung finden!"

Langsam drückte Ralf die Klinke zum Kinderzimmer herunter. Die helle freundliche Atmosphäre des Raumes wirkte auf ihn in diesem Moment geradezu erschlagend. Er musste für einen Moment die Augen schließen. Nachdem er ein paar Mal tief durchgeatmet und sich wieder etwas beruhigt hatte, ging er langsam auf den Kleiderschrank zu und öffnete eine Tür. Zögernd nahm er einen gelben Strampler heraus, den Elena für ihre gemeinsame Tochter gekauft hatte. Er klammerte sich an das Kleidungsstück und blickte in dem Raum umher. Das Gitterbettchen hatte er selbst aufgebaut. Den Himmel, der von der Decke herunter ragte, hatte Elena sich für ihre Tochter gewünscht. Ein Lächeln glitt über Ralfs Lippen, als er sich an die Diskussionen um die farbliche Gestaltung des Raumes erinnerte. Doch dann wurde ihm wieder schmerzhaft bewusst, dass auf dem Wickeltisch, an dem er gerade lehnte, niemals sein Baby liegen würde. Niemals würde seine und Elenas Tochter einen der sorgfältig ausgesuchten Strampler tragen können. Und Elena würde nie dem hellbraunen Teddy auf den Bauch drücken, damit er für ihr Baby „La-Le-Lu" singt.

Der Raum war leer. Diese Leere ließ Ralfs Trauer übermächtig werden. Mit einem verzweifelten Schrei sank er langsam an dem Kleiderschrank auf den Teppich nieder.

Dass Pascal in der Tür stand und ihn traurig anblickte, bemerkte Ralf nicht. Erst als der Junge auf ihn zu kam und sich neben in setzte, realisierte er wieder, was um ihn herum geschah. Pascal schmiegte sich eng an ihn. Doch Ralf war nicht in der Lage, seinen Stiefsohn zu trösten. Regungslos saß er da und starrte das leere Babybettchen an.

„Da auch der leibliche Vater des Jungen verstorben ist, sind Sie nach den Großeltern natürlich der nächste Angehörige. Des Weiteren lebt Pascal schon einige Zeit mit Ihnen zusammen und Sie haben ein sehr gutes Verhältnis zu ihm.", fasste Frau Brandt zusammen. Dann schlug sie die Mappe zu, in der sie eben geblättert hatte, und sah Ralf an. „Entschuldigen Sie bitte die Frage, aber es ist für die Lebensumstände des Kindes relevant.". Sie zögerte, bevor sie ihre Frage formulierte. „Haben Sie eine neue Partnerin?"

Ralf war kurz davor, die Fassung zu verlieren. „Werde ich jetzt bestraft, weil ich Pascal keine ´Ersatzmutter´ vor die Nase setze?", ereiferte er sich und sprang von seinem Stuhl auf. Frau Brandt gab ihm mit einer Handbewegung zu verstehen, dass er sich beruhigen sollte. „Das letzte Wort hat in diesem Fall natürlich der Familienrichter. Aber aus meiner Sicht wäre es für den Jungen das Beste, wenn er bei Ihnen bleiben würde." Sichtlich erleichtert bedankte sich Ralf und verabschiedete sich.

Dennoch isolierte er sich weiterhin von der Außenwelt und nahm in der Trauer um Elena keine Unterstützung von seiner Familie an.

Pascal schien sich mit der Situation abgefunden zu haben. Doch er fühlte sich schuldig an Ralfs Zustand.

„Seit Mama nicht mehr da ist, beachtet er mich gar nicht mehr. Ich muss was falsch gemacht haben.", klagte er Isabell sein Leid. „Bin ich schuld, dass Mama weg ist?"

Wieder einmal war Isabell geschockt, wie sehr sich der Junge das, was um ihn herum passierte, zu Herzen nahm.

„So etwas darfst du noch nicht einmal denken, Mops! Niemand ist schuld und du am Allerwenigsten!" Sie schloss ihn fest in ihre Arme.

Nur wenige Tage später sah die Situation plötzlich ganz anders aus. Ralf war gelöst und lachte wieder. Isabell hatte bereits von Katrin erfahren, dass ihr Sohn wieder arbeiten ging. Als Isabell ihn samstags besuchen wollte, verließ er gerade die Wohnung – Hand in Hand mit Antonia.

„Wir haben einige Sachen zu erledigen, aber Pascal ist oben!", rief er dem Mädchen zu und warf seinen Wohnungsschlüssel zu ihr herüber.

Sie fing ihn auf und machte sich auf den Weg zu Pascal. Dabei kamen ihr viele Gedanken.

Was hatte das zu bedeuten? War Ralf schon wieder bereit für eine neue Liebe? Und dann ausgerechnet mit der Schwester seiner verstorbenen Frau? Und vor allem: Wie ging Pascal mit dieser völlig neuen Situation um?

In der Wohnung war es ruhig. Isabell zog ihre Schuhe aus und öffnete die Tür zum Kinderzimmer. Entsetzt stürmte sie in den Raum.

Pascal lag in seiner Kuschelecke und hatte sich seine Bettdecke über den Kopf gezogen. Er weinte bitterlich und beruhigte sich auch nicht, als sie ihm sanft die Decke wegnahm und ihn umarmte.

Eine unbändige Wut auf Ralf stieg in ihr auf. Wie konnte er den Jungen in diesem Zustand allein lassen? Völlig aufgelöst begann Pascal schließlich zu reden. Und was sie da hörte, nahm Isabell den Atem.

„Ralf hat jetzt Tante Antonia. Er hat gesagt, dass er mit ihr glücklich ist. Und sie wollen ein neues Leben haben. Das will er mir nicht zumuten, hat er gesagt."

Ein tiefes Schluchzen unterbrach seine Schilderung. Dann fuhr er fort. „Ich soll zu anderen Kindern. Da wäre es viel schöner. Da könnte ich auch wieder fröhlich sein. Und er will mich ganz oft besuchen kommen. Aber ich will hier bleiben! Warum kann ich denn nicht hier bleiben?" Flehend blickte er Isabell in die Augen.

Ihr versagte vor Entsetzen die Stimme. In diesem Moment, da sie den verzweifelten Jungen in ihren Armen hielt, kamen ihr wieder die Worte in den Sinn, die sie zu Elena im Augenblick ihres Todes gesprochen hatte: „Ich werde immer für ihn da sein!" Genau das würde sie jetzt auch tun, schwor Isabell sich im Stillen. Soweit, dass Pascal nun auch noch seine Familie und sein Zuhause verlor, durfte es nicht kommen.

Wutentbrannt stürmte Isabell an Henry vorbei in den Flur. „Ist Ralf bei euch?", rief sie mit bebender Stimme. Als ihr Großonkel dies verneinte, war sie nicht mehr zu halten.

„Dreht er denn jetzt völlig durch? Hat er sich schon mit seiner neuen Flamme aus dem Staub gemacht? Auch eine Möglichkeit, den Klotz an seinem Bein los zu werden. So nach dem Motto: Wenn du nicht gehst, dann gehe ich!"

Henry war nun völlig verwirrt. „Kannst du mir mal erklären, wovon du redest?", fragte er verständnislos und schob sie in die Küche. Hier waren Katrin und Ines gerade mit den Vorbereitungen für das Abendessen beschäftigt.

„Hallo, Isa! Willst du mit essen?", fragte Katrin freundlich, doch Isabell schüttelte heftig den Kopf. „Ich bekomme nichts runter, nach dem, was ich heute erfahren habe!"

Mutter und Tochter blickten sich verständnislos an. „Was hast du erfahren? Und was hat Ralf damit zu tun? Warum bist du so wütend auf ihn?", bohrte Henry.

Nun endlich berichtete Isabell von ihrem Besuch bei Ralf und Pascal. „Er will ihn ins Heim stecken, versteht ihr? Einfach abschieben! Das muss man sich mal vorstellen! Wie kann er plötzlich so herzlos sein? Ich dachte, er liebt ihn über alles. Aber scheinbar hat ihm diese Schlange völlig den Kopf verdreht!", tobte sie.

Die drei konnten nicht glauben, was sie da hören mussten. Ines war den Tränen nah. „Aber das kann er dem Kind doch nicht antun! Ich meine, der Arme hat doch bereits seine Mutter verloren! Das ist doch wohl schon schlimm genug! Er kann ihn doch nicht ernsthaft dafür bestrafen, dass Elena nicht mehr da ist!"

„Sag das deinem Bruder!", schnaubte Isabell verbittert und ging wieder in Richtung Haustür. „Ich fahre jetzt wieder zu Pascal. Er braucht mich!"

Als sie die Zugfahrt zum zweiten Mal an diesem Tag bewältigt hatte und wieder in Ralfs Wohnung ankam, war Pascal noch immer allein.

Er hatte mittlerweile völlig resigniert und war dabei, sein Spielzeug in mehrere Plastikbeutel zu packen. „Allzu lange werde ich ja wohl nicht mehr hier sein.", meinte der Junge niedergeschlagen.

Isabells stand im Türrahmen und wusste nicht, was sie tun sollte. Sie fühlte sich wieder genauso hilflos wie in jenem Moment, als sie an E-lenas Bett gestanden hatte. Dennoch beschloss sie, zu verhindern, dass Pascal aus seinem gewohnten Umfeld herausgerissen wurde.

Es dauerte noch geschlagene zwei Stunden, bis Ralf mit Antonia nach Hause kam. Isabell packte ihren Groscousin am Arm und zerrte ihn ins Wohnzimmer. „Ich muss mit dir reden. Und zwar allein!", schnaubte sie.

Er wusste nicht, wie ihm geschah. „Was soll denn das?", wollte er wissen. „Das frage ich mich allerdings auch!", rief sie. „Wie kommst du dazu, den Jungen einfach so abzuschieben? Ist dir eigentlich klar, dass du damit sein Leben völlig zerstörst?"

„Du tust ja gerade so, als käme er in eine Erziehungsanstalt!", gab Ralf abwertend zurück. Damit steigerte er Isabells Wut noch mehr.

„Darum geht es doch gar nicht, verdammt noch mal! Er hat seine Mutter verloren und jetzt gibst du ihn weg! Dadurch muss er sich ja im Stich gelassen fühlen! Und ich glaube kaum, dass du diese Entscheidung allein getroffen hast! Das bist doch nicht mehr du!"

Nun wurde Ralf plötzlich sehr kleinlaut. „Du hast recht. Aber was soll ich denn machen? Antonia möchte es so! Und ich will nicht noch einmal eine Frau verlieren!"

Sie konnte es nicht fassen. Ralf ließ sein Leben von Antonia bestimmen, ohne dabei an sich oder andere zu denken. Um sie zu halten, tat er alles, was sie von ihm verlangte. Geschockt und sprachlos verließ das Mädchen die Wohnung.

Isabell war machtlos. Bereits zwei Wochen später zog Pascal in ein Kinderheim. Alles, was sie tun konnte, war, ihn so oft wie möglich zu besuchen.

Wie so häufig saß er in seinem Zimmer und malte. Nach einer kurzen Umarmung setzte Isabell sie zu ihm.

„Wie geht's dir?", wollte sie wissen. Er zuckte nur mit den Schultern. Sie seufzte. „Hast du Lust auf einen Spaziergang?", fragte sie dann, um die Stimmung etwas aufzulockern. „Okay", sagte er lustlos, holte sich aber eine Jacke.

Gemeinsam verließen sie das Haus. Nachdem sie eine Zeit lang schweigend nebeneinander gegangen waren, kamen sie zu einer großen Wiese, auf der in Hülle und Fülle Wiesenschaumkraut blühte.

Pascal lief voraus und begann, einen Strauß zu pflücken. Dann kam er zurück und hielt ihn Isabell hin.

Sie war gerührt von der liebevollen Geste. „Danke! Die sind ja wunderschön!", freute sie sich und schnupperte an den Blumen. Dann zog sie den Jungen an sich. Er schlang die Arme um ihren Hals und umklammerte sie, als suche er bei ihr Schutz.

Eine Weile verharrten sie in der innigen Umarmung. Dann fragte Isabell sanft. „Wollen wir langsam zurück gehen?" Pascal senkte den Kopf und nickte leicht.

Bis zum Abendessen spielten sie Uno. Isabell war erleichtert, dass Pascal offenbar wieder etwas gelöster war. Doch beim Abschied umklammerte er schluchzend ihren Hals und wollte sie nicht gehen lassen. „Ich komme bald wieder!", versprach sie. „Spätestens nächste Woche besuche ich dich wieder. Versuch doch, ein bisschen auf die anderen zuzugehen, Mops! Hier kann niemand etwas dafür, dass Ralf dich weggegeben hat. Und alle wollen dir helfen. Mach es dir selbst nicht so schwer!" Sie hoffte, durch diese Woche die Situation für ihn etwas erträglicher zu machen. Mehr konnte sie nicht tun.

„Irgendwie muss man ihm doch helfen können!", weinte Isabell. Ines strich ihr tröstend über den Rücken, doch auch sie war ratlos. „Ich mache mir Vorwürfe. Wenn wir nach Elenas Tod mehr für Ralf da gewesen wären, hätte Antonia ihn nie so beeinflussen können!"

Das Mädchen war da anderer Meinung. „Wir haben getan, was wir konnten. Er war es, der uns nicht an sich heran gelassen hat. Und für das, was er Pascal angetan hat, ist er selbst verantwortlich!"

Aus diesen Worten sprach Hass, das spürte Ines. Traurig sah sie Isabell an.

Henry kam herein und hielt einen Brief in seiner Hand. „Jetzt kann er uns nicht mal mehr unter die Augen treten!", schimpfte er. Auf den fragenden Blick seiner Tochter hin sprach er weiter. „Ralf wird wieder heiraten. Und zwar sehr bald!"
Isabell sprang auf und verließ das Haus. Mit einem lauten Knall fiel die Tür hinter ihr ins Schloss. Henry und Ines blieben fassungslos zurück.

Es war kurz vor Mitternacht, als Ines das Mädchen endlich fand. Isabell war in den Park geflüchtet und saß am Ufer des Teiches im nassen Gras. „Oh mein Gott!", flüsterte Ines und half ihr, aufzustehen. Isabell zitterte heftig und wurde immer wieder von Weinkrämpfen geschüttelt.
Ines brachte sie ins Auto und versuchte, Isabells Eltern anzurufen, die bereits die Polizei informieren wollten. Sie musste ein paar Schritte gehen, bevor sie Empfang hatte.
„Ich habe sie gefunden. Es ist nichts passiert, aber sie ist völlig verzweifelt. Ich glaube, es ist besser, wenn ich sie mit zu uns nehme."
Isabells Mutter war strikt dagegen. „Das kommt gar nicht in Frage, sie hat morgen Schule!"
„Da wird sie morgen sowieso nicht hingehen können in ihrer Verfassung.", meinte hingegen der Vater. „Nimm sie mit zu euch. Hauptsache, es ist nichts passiert und sie ist in Sicherheit! Hier kann sie sich wahrscheinlich nicht so gut erholen."
Doch als Ines das Gespräch beendet hatte und zum Auto zurückkehrte, war das Mädchen wieder verschwunden. Nach einer Schrecksekunde suchte Ines noch einmal das Gebiet rund um den Teich ab, doch Isabell blieb verschwunden.
Verzweifelt stieg Ines wieder ins Auto und machte sich auf den Heimweg. Sie beschloss, Isabells Eltern nicht noch einmal anzurufen. Hoffentlich würde sie von selbst zurückkehren.
Tatsächlich bekam Ines etwa eine Stunde später einen Anruf von Isabells Vater. „Sie ist gerade nach Hause gekommen und hat sich sofort ins Bett gelegt." Ines war erleichtert, aber auch geschockt, dass Pascals Situation das Mädchen so mitnahm.

Am nächsten Wochenende machten sich Henry und Katrin auf den Weg, um Pascal zu besuchen. Durch den Regen wirkte der große Garten vor der alten Villa, in der sich das Kinderheim befand, recht trostlos.
Drinnen rannten die Kinder durch den bunt gestalteten Flur. Nachdem sie sich angemeldet hatten, stiegen Katrin und Henry die Treppe hinauf zu Pascals Zimmer.

Er lag bäuchlings auf seinem Bett, hatte einen Zeichenblock vor sich und malte. Sein Zimmergenosse tobte mit den anderen Kindern im Wohnzimmer.

Als er seine Besucher erblickte, stand er auf und lächelte zaghaft. Katrin hatte Mühe, die Tränen zu unterdrücken, während sie ihren Stiefenkel umarmte.

„Wir haben dir etwas mitgebracht.", sagte Henry euphorisch und überreichte Pascal einen Malkoffer mit vielen verschiedenen Bunt- Filz- und Aquarellstiften.

Das Geschenk weckte bei dem Jungen Erinnerungen. „So einen wollte Mama mir zum Geburtstag schenken.", flüsterte er und strich gedankenverloren über die Stifte.

Betroffen sahen sich Katrin und Henry an. Beide fanden keine Worte des Trosts für Pascal. Er spürte dies und wechselte das Thema.

„Ich werde wieder umziehen.", berichtete er. „Warum denn das?", wollte Henry wissen. Pascal stand auf und sah aus dem Fenster.

„Das haben die vom Amt entschieden. Die sind der Meinung, dass ich mich hier nicht gut in die Gruppe einfinde, deshalb soll ich in ein anderes Heim ziehen. Als ob es dort besser wäre!", meinte er wegwerfend.

Katrin versuchte, ihm den anstehenden Umzug schmackhaft zu machen. „Vielleicht fühlst du dich woanders ja wirklich wohler. Schau es dir doch erst mal an!"

Mit großen Augen blickte Pascal sie an, dann drehte er sich plötzlich um und lief nach draußen. Henry seufzte hörbar.

Auch Katrin war ratlos. „Man kommt einfach nicht mehr an ihn heran. Hoffentlich kann Isabell ihn überzeugen, dass es das Beste für ihn ist..."

„Ist es das denn?", warf Henry ein „Du hörst dich schon fast wie Antonia an! Ich kann dir sagen, was das Beste für ihn wäre: Wenn er bei Ralf hätte bleiben können!" Wütend riss er die Tür auf und lief zum Auto.

Katrin folgte ihm eilig. „Du hast ja recht!", rief sie. „Ich würde alles dafür geben, dass er diese Entscheidung wieder rückgängig macht! Aber wir haben überhaupt keinen Einfluss mehr auf ihn!"

Er blieb stehen und blickte in das verzweifelte Gesicht seiner Frau. Bevor sie sich ins Auto setzten, umarmten sie einander kurz.

„Ralf wird sich wieder beruhigen, das bin ich sicher.", meinte sie zuversichtlich. „Ich weiß nicht, was er an Antonia so toll findet. Mit Liebe hat es ganz sicher nichts zu tun, dazu hat er Elena viel zu sehr geliebt. So schnell kann er sie nicht losgelassen haben!"

Während er den Motor startete, dachte Henry traurig: „Das nützt Pascal nur leider wenig..."

„Hast du eine Idee, womit wir Pascal an seinem Geburtstag eine Freude machen könnten?" Ines lief vor Isabell ins Haus, um die gerade verschnittenen Rosen ins Wasser zu stellen.

Das Mädchen seufzte. „Ich habe ihn noch gar nicht darauf angesprochen. So, wie er im Moment drauf ist, möchte er bestimmt gar nicht an diesen Tag denken. Es ist das erste Mal, dass er seinen Geburtstag ohne seine Mutter erlebt!"

Ines gab ihr Recht. „Ihm ist sicher nicht zum Feiern zu Mute. Gerade deshalb möchte ich ihn so gut es geht aufmuntern. Er sitzt ja nur noch da und malt!"

Während das Teewasser kochte, hob sie das Backblech aus dem Ofen. Gemeinsam hatten sie einen Wolkenkuchen gebacken, der nun abkühlen musste.

Isabell gingen Pascals Probleme nicht aus dem Kopf. „Er hat sich so sehr verändert! Wenn ich daran denke, wie fröhlich und wissbegierig er immer war! Jetzt verschließt er sich völlig von seiner Umgebung."

Wehmütig blickte Ines auf das junge Mädchen. Zwischen ihr und Pascal bestand eine so enge Bindung, dass sie sich für ihn verantwortlich fühlte. Ihn leiden zu sehen und nichts dagegen unternehmen zu können, musste geradezu eine Folter für sie sein.

Mit ihren Teetassen machten es sich die zwei wenig später auf der Couch bequem. Da wurde die Haustür aufgeschlossen. „Katrin hat wohl heute früher Feierabend?", wunderte sich Isabell. Bevor Ines antworten konnte, stand plötzlich Ralf in der Tür.

Das Mädchen stand sofort auf und verließ den Raum. „Isa!", rief Ines ihr nach, aber in diesem Moment fiel die Tür ins Schloss.

Mit hängenden Schultern nahm Ralf am Tisch Platz. „Redest du wenigstens noch mit mir?", fragte er seine Schwester verbittert.

„Wundert dich das wirklich, dass sie so reagiert?", gab diese zurück. „Immerhin ist sie die diejenige, die sich meistens um den Kleinen kümmert. Sie hat Elena versprochen, immer für ihn da zu sein. Und das tut sie auch, soweit sie es in ihrem Alter kann! Überlege doch mal, sie ist gerade vierzehn geworden und fühlt sich für Pascal verantwortlich! Das ist doch Wahnsinn! Sie würde ihn ihr ganzes Leben umkrempeln, wenn sie könnte! Und du machst das Gleiche, aber nicht für Pascal, sondern gegen ihn und für Antonia!"

Er hatte keine Lust auf einen Streit. All diese Diskussionen in den letzten Wochen hatten zu keinem Ergebnis geführt und die Kluft zwischen ihm und seiner Familie immer weiter vergrößert. Nach einem minutenlangen Schweigen stand er seufzend auf und verabschiedete sich wieder.

Pascal wirkte so locker wie schon lange nicht mehr, als Isabell ihn wieder besuchte. „Ich habe eine gute und eine schlechte Nachricht.", sagte er geheimnisvoll.

„Schlechte Nachrichten sind wir ja mittlerweile gewohnt.", seufzte sie.

„Also raus damit!"

„Ich ziehe wieder um!" Verblüfft starrte sie ihn an. „Verlegen die dich schon wieder?", hakte sie nach.

Nun begann der Junge zu grinsen. „Nicht so direkt. Ich bekomme eine Pflegemutter! Und ich habe sie auch schon getroffen, sie ist total nett!" Ehrlich erleichtert nahm sie ihn in den Arm. „Das ist das Beste, was uns beiden passieren konnte! Ich werde dich natürlich weiter so oft wie möglich besuchen."

„Klar, wir bleiben die allerbesten Freunde!", stimmte er zu.

Seinen Geburtstag wollte der Junge nur mit Isabell verbringen. „Sie hat sich wenigstens um mich gekümmert!", schimpfte er, als Ralf einen gemeinsamen Zoobesuch anbot. Es war erst das zweite Mal überhaupt, dass er seinen Stiefsohn im Kinderheim besuchte.

„Und mit dir feiere ich erst recht nicht!" Trotzig rannte Pascal wieder zur Schaukel und ließ Ralf einfach stehen.

„Lass mich raten: Er will dich nicht mehr sehen!", stellte Antonia trocken fest, als er wieder ins Auto stieg. Doch damit streute sie nur noch Salz in die Wunde.

Während der Fahrt schwiegen beide. Doch kaum dass sie die gemeinsame Wohnung betreten hatten, schnitt Antonia wieder das heikle Thema an.

„Lass gut sein. Du hast nun deine vermeintliche Pflicht getan und ihn besucht. Was dabei raus gekommen ist, siehst du ja. Also hör auf, dir den Kopf darüber zu zerbrechen!", redete sie auf ihren Gatten ein.

Das war zu viel für Ralf. Seine ganze aufgestaute Wut entlud sich plötzlich. „Warum hast du von mir verlangt, ihn wegzugeben? Er ist immerhin der Sohn deiner verstorbenen Schwester! Du hast ihn doch erst in sein Unglück gestürzt!", schrie er.

Seine Vorwürfe ließen sie kalt. „Du hast recht.", sagte sie ruhig. Mit dieser Antwort hatte Ralf nicht gerechnet. Geschockt sah er seine Frau an.

„Was glaubst du denn, warum deine kleine Cousine mir damals im Krankenhaus über den Weg gelaufen ist? Hast du ernsthaft gedacht, ich wollte meine arme kranke Schwester besuchen? Zum ersten Mal war ich ihr überlegen! Immer war sie erfolgreich: im Job und in der Liebe! Ihr Leben war immer so perfekt! Und nun lag sie da und war auf andere angewiesen Und da unsere Eltern nicht da waren, wusste niemand außer mir von ihrer Penicillinallergie! Nicht mal dir hatte sie davon erzählt. Für mich als gelernte Krankenschwester war es natürlich kein Problem, ihr das Medikament zu spritzen. Und es kann mir auch kein Mensch der Welt beweisen, dass ich von ihrer Allergie wusste, geschweige denn, dass ich ihr den Wirkstoff gespritzt habe! Nicht ein einziger Arzt ist überhaupt auf die Idee gekommen, dass sie an einer Vergiftung gestorben ist! Die offizielle Todesursache lautet Herzversagen!"

Ralf musste sich an der Tür festhalten. Ihm wurde schwindelig. Was er da eben gehört hatte, konnte er einfach nicht glauben. Nachdem er sich etwas beruhigt hatte, verließ er fluchtartig die Wohnung und fuhr zu seiner Familie. Antonia blieb mit einem selbstgefälligen Lächeln zurück.

„Das kann doch alles nicht wahr sein!", weinte Isabell. „Warum kann er denn nicht ein einmal Glück haben? Nur ein einziges Mal?"

Katrin war nicht im Stande, sie zu trösten. Auch sie war fassungslos von dem, was sie gerade erfahren hatten.

Pascal würde im Heim bleiben. Die potentielle Pflegemutter hatte ihren Antrag auf eine Pflegschaft zurückgezogen.

„Wie sollen wir ihm das denn beibringen? Er hat sich so gefreut, war voller Hoffnung. Jetzt ist das alles wieder zerstört!"

In diesem Augenblick betrat Ralf mit versteinerter Miene das Wohnzimmer und setzte sich wortlos. Seine Mutter sah ihm sofort an, dass etwas passiert sein musste. Deshalb bat sie Isabell mit einer beschwörenden Handbewegung, sitzen zu bleiben.

„Sie hat sie umgebracht!", flüsterte er. Katrin und Isabell wechselten einen verwirrten Blick. Ralfs Stimme wurde nachdrücklicher, als er wiederholte: „Sie hat sie umgebracht!"

Von einer Sekunde auf die andere keimte in Isabell ein Verdacht auf, wovon ihr Großcousin sprach. „Sag mir bitte, dass das nicht wahr ist!", rief sie entgeistert. Er sah sie nur kurz an und sie wusste, dass sie recht hatte.

Katrin konnte sich denken, dass von Elena die Rede war. „Wer hat sie umgebracht?", fragte sie aufgebracht.

Eine quälend lange Pause entstand. Dann endlich gelang es Ralf, das Unvorstellbare in Worte zu fassen. „Antonia hat Elena auf dem Gewissen! Sie hat ihre eigene Schwester umgebracht!"

Auch Katrin brauchte einige Minuten, um diese Nachricht zu realisieren. Starr vor Schreck sank sie auf die Couch.

Isabell hingegen sprang auf und schrie: „Dieses Miststück! Ich hätte ihr ja wirklich einiges zugetraut, aber das! Verdammt, warum habe ich damals nicht gleich was geahnt, als sie an mir vorbei rannte?" Verzweifelt schlug sie die Hände vors Gesicht.

Katrin versuchte, sie zu beruhigen. „Elena hätte dadurch vermutlich auch nicht gerettet werden können. Wie kann das überhaupt sein, dass sie erst Minuten später gestorben ist, als Antonia schon lange weg war?"

„Elena hatte eine Penicillinallergie.", erklärte Ralf. „Davon wusste niemand außer Antonia und ihren Eltern. Auch ich hatte keine Ahnung davon. Sie hat ihr das Medikament gespritzt und ist dann geflüchtet. Es war reiner Zufall, dass Isabell kurz darauf zu Elena kam und es miterlebt hat, wie die Wirkung einsetzte. Und für die Ärzte gab es offenbar keine Anhaltspunkte für eine Medikamentenvergiftung!"

Nun war Isabell völlig außer sich. „Heißt das, wenn ich es gewusst und den Ärzten gesagt hätte, dann wäre sie noch am Leben?"

Ralf wollte davon nichts wissen. „Hör auf damit! Das bringt doch nichts, wenn wir uns darüber den Kopf zerbrechen, was wäre, wenn! Fakt ist: Antonia hat Elena umgebracht und wir können es nicht einmal beweisen! Selbst wenn ich sie anzeige, steht Aussage gegen Aussage, weil ich für ihr Geständnis weder Zeugen noch Beweise habe. Das heißt, sie wird ungestraft davon kommen!"

„Trotzdem sollten wir es versuchen.", meldete sich Katrin wieder zu Wort. „Dann würde doch zumindest gegen sie ermittelt!"

Seufzend stimmte Ralf seiner Mutter zu. „Mir wird gar nichts anderes übrig bleiben, wenn ich diese Ehe annullieren lassen will. Und das werde ich auf jeden Fall tun!"

Isabell beschloss, Pascal vorerst nicht zu erzählen, unter welchen Umständen seine Mutter ums Leben gekommen war. Statt dessen musste sie ihm beibringen, dass er zwar wieder umziehen würde, allerdings nicht wie erhofft zu einer Pflegemutter.

Vor der Zimmertür blieb sie stehen und atmete tief durch, doch dann gab sie sich einen Ruck und trat nach kurzem Klopfen ein.

Pascal saß auf seinem Bett und hatte sein Meerschweinchen auf dem Arm, welches Isabell ihm zum Geburtstag geschenkt hatte. Als er Isabell sah, strahlte er, doch sofort spürte der Junge, dass etwas nicht stimmte und sein Gesicht wurde ernst.

„Hallo Isa! Was ist denn los mit dir?", fragte er direkt. Sie zögerte. Er hob das Meerschweinchen wieder in den Käfig und setzte sich abwartend auf seinen Schreibtischstuhl.

Sein fordernder Blick machte es Isabell noch schwerer, Pascal die Wahrheit zu sagen und somit seine Hoffnungen zerstören zu müssen.

Doch sie wusste, dass sie nicht um diese Wahrheit herum kam und so gab sie sich einen Ruck und begann: „Es ist wegen deiner Pflegemutter. Sie... hat es sich wieder anders überlegt. Sie möchte jetzt doch kein Kind aufnehmen."

Nun war es heraus. Er drehte sich um und stützte seinen Kopf auf den Händen. Tröstend legte Isabell ihm die Hand auf die Schulter, doch er wehrte sie ab.

„Mops, es tut mir so leid! Ich wünschte, dass ich es ändern könnte. Aber diese Frau hat sich leider wieder anders entschieden."

Der Junge saß immer noch mit dem Rücken zu ihr an seinem Schreibtisch und begann leise zu weinen. „Lass mich!", schluchzte er.

Doch sie hatte ihm noch nicht alles sagen können. „Da ist noch etwas...", begann sie. Pascal schrie: „Nein! Ich will es nicht hören!", doch sie musste ihm reinen Wein einschenken. „Ich muss dir das sagen. Du wirst trotzdem nicht hier bleiben können. Anfang Oktober ziehst du in ein anderes Heim!"

Das war zu viel für den Jungen. Wie von Sinnen ging er plötzlich auf Isabell zu und schlug mit den Fäusten auf sie ein. „Warum macht ihr mir immer alles kaputt? Was habe ich euch getan? Seit Mama nicht mehr da ist, bin ich für euch nur noch ein Spielzeug, dass ihr herumschubsen könnt! Womit hab ich das verdient?", schrie er verzweifelt.

Als seine Kräfte nachließen, gelang es Isabell schließlich, ihn in den Arm zu nehmen und langsam zu beruhigen. Sie war tief erschüttert, denn so hatte sie Pascal noch nie erlebt.

Dann löste sie sich sanft aus der Umarmung und sah Pascal eindringlich an. „Machen wir dir denn wirklich etwas kaputt, wenn du nicht hier bleibst? Fühlst du dich wohl hier?", wollte sie wissen. Zögernd schüttelte er den Kopf.

„Ich kann gut verstehen, dass du all deine Hoffnungen in die Pflegemutter gesetzt hast. Dann hättest du endlich wieder ein richtiges Zuhause gehabt. Aber das wird nun einmal nichts. Und dass du dich hier nicht zu Hause fühlst, haben wir in den letzten Wochen ja gesehen. Sieh es als Chance, vielleicht lebst du dich in dem anderen Heim ja ganz schnell ein! Dann wirst du auch dort bleiben!"

Das sah der Junge ein. „Ich werde versuchen, mich dort einzuleben.", versprach er. „Die anderen können ja nichts dafür, dass Ralf mich weggegeben hat."

Ines hatte sich von Ralf seinen Wohnungsschlüssel geben lassen und holte seine Sachen. Nach allem, was passiert war, brachte er es nicht fertig, Antonia noch einmal unter die Augen zu treten.

Doch sie war ohnehin nicht zu Hause. Erleichtert, dass ihr diese Konfrontation erspart blieb, beeilte sich Ines, zwei Koffer für ihren Bruder zu packen. Obenauf legte sie sämtliche Bilder von Elena, Pascal und Ralf, die überall in der Wohnung standen. Dann verließ sie rasch die Wohnung und fuhr nach Hause.

Nur Stunden später hingen die Bilder an der Wand in Ralfs Zimmer. In Gedanken vertieft stand er mit Ines davor und erinnerte sich an die wunderschöne Zeit mit seiner kleinen Familie.

Was wird denn jetzt aus der Wohnung?", wechselte sie schließlich das Thema. „Immerhin hat Elena sie ja gekauft, also gehört sie jetzt eigentlich dir!"

„Das wird sowieso noch auf einen Krieg hinauslaufen, denke ich. Die Wohnung ist ein Teil von Elenas Vermächtnis und ich werde sie dieser Bestie ganz bestimmt nicht kampflos überlassen!"

„Konzentriere dich jetzt erst einmal auf dein Diplom!", riet Henry seinem Sohn. „Lass dir das nicht auch noch von ihr kaputt machen!"

Die Geschwister sahen ihn an. „Du hast recht.", meinte Ralf schließlich. „Ich habe mich schon viel zu sehr von ihr einwickeln lassen und dadurch Pascals Leben zerstört! Es ist niemandem damit geholfen, wenn ich jetzt auch noch alles hinschmeiße!"

Zögernd griff Ines das Stichwort auf. „Was wird denn jetzt mit Pascal? Nimmst du ihn wieder zu dir?"

Er dachte einen Moment lang nach und schüttelte schließlich den Kopf. „Er wird mir ganz sicher nicht mehr vertrauen können. Dazu habe ich ihm viel zu sehr weh getan. Die Einzige, die noch an ihn heran kommt, ist Isa. Und das wird wohl auch so bleiben.", sagte er mutlos.

Ines setzte sich zum ihm und legte tröstend den Arm um seine Schultern. „Das Wichtigste ist, dass es ihm gut geht. Und ich glaube, jetzt geht es ihm gut. Isabell hat mir erzählt, dass er in dem Heim, wo er jetzt ist, regelrecht wieder aufblüht! Er knüpft wieder Kontakte und lacht auch wieder! Das wäre auch für Elena das Allerwichtigste gewesen!"

Ein paar Minuten lang schwiegen beide. Dann führte Ralf seine Gedanken an das Vermächtnis seiner Frau weiter. „Was wohl aus der Agentur geworden ist? Ich habe mich die ganze Zeit nicht mehr darum gekümmert und alles Antonia überlassen! Das hat sich wahrscheinlich gerächt!"

Ines war froh, dass ihr Bruder wieder nach vorn blickte und sich um diese Dinge kümmern wollte. „Fahr doch morgen direkt mal hin und sieh nach dem Rechten!", schlug sie vor. „Dann kannst du dir gleich einen Überblick verschaffen und entscheiden, wie es mit der Agentur in Zukunft weitergehen wird!"

Ralf folgte dem Rat seiner Schwester und machte sich am nächsten Morgen auf den Weg. Nie zuvor war er dort gewesen. Er rechnete damit, seiner Noch-Ehefrau zu begegnen. Doch anders als Elena hielt Antonia es offenbar nicht für notwendig, an dem aktiven Arbeitsbetrieb teilzunehmen.

Das Großraumbüro sah genau so aus, wie er es sich nach Elenas Schilderungen immer vorgestellt hatte. Es herrschte Hektik und viele Mitarbeiter liefen hin und her.

„Guten Morgen! Kann ich Ihnen helfen?", wurde er schließlich von einem Mitarbeiter angesprochen. Ralf gab sich einen Ruck und fragte nach der Chefin. Die Antwort war ein ungläubiger Blick. Schließlich wies der Mitarbeiter auf eine Tür, die zu einem Nebenraum führt und erklärte: „Das Büro ist da hinten!"

Ralf bedankte sich und ging auf die Tür zu. Nach kurzem Klopfen wurde er hereingerufen und betrat den eindrucksvoll eingerichteten Raum. Die schwarzen Möbel machten vor der großen Fensterfront einen imposanten Eindruck. Doch Ralf hatte dafür keinen Blick, viel mehr war er erstaunt, dass ein ihm fremder Mann hinter dem Schreibtisch saß.

„Guten Tag, mein Name ist Ralf Habermann.", stellte er sich vor. Der Fremde versuchte, sich seine Überraschung nicht anmerken zu lassen. „Dann sind Sie wohl der Ehemann der Vorbesitzerin dieser Agentur?", stellte er fragend fest.

Nun wusste Ralf, was hier los war. Antonia hatte die Agentur verkauft. Der Agenturleiter spürte die Unsicherheit seines Besuchers. „Frank Neumann", stellte sich vor. „Nehmen Sie doch bitte Platz, Herr Habermann."

Er kam dieser Aufforderung nach und entschied sich dabei, Herrn Neumann nicht über den ganzen Sachverhalt aufzuklären.

Statt dessen erklärte er nur, von dem Verkauf der Agentur nichts gewusst zu haben. „Ich habe mich vor kurzem von meiner Noch-Ehefrau getrennt. Die Agentur gehörte zuvor mir, ich habe ihr nur eine Vollmacht gegeben und wusste von dem Verkauf nichts."

Der Agenturinhaber geriet in Verlegenheit. „Ich kann Ihnen den Kaufvertrag zeigen, es ging alles mit rechten Dingen zu...", begann er, aber das war für Ralf weniger interessant. „Ich möchte nur wissen, wie es läuft. Ob das, was die Schwester meine Noch-Ehefrau einst in harter Arbeit aufgebaut hat, auch in Zukunft existieren kann!"

Sichtlich erleichtert gab Frank Neumann Auskunft. „Wir können nicht klagen. Ich habe sämtliche Mitarbeiter übernommen und nach der derzeitigen Auftragslage muss ich vorerst auch niemanden entlassen."

Ralf stand auf und machte Anstalten, sich zu verabschieden. „Mehr wollte ich gar nicht wissen. Ich kann Ihnen nur sagen: Sie haben ein großes Erbe angetreten," – er schluckte bei diesem Satz – „führen Sie es so weiter, damit es das bleibt, was es immer war! Auf Wiedersehen und alles Gute!"

Damit war er zur Tür hinaus. Verblüfft blickte Frank Neumann seinem Gast nach.

Langsam trat Ralf in den Flur. „War es schlimm?", fragte Katrin mitfühlend. Er schüttelte den Kopf. „Antonia hat die Agentur verkauft. Ich habe mit dem neuen Inhaber gesprochen, es läuft alles so, wie Elena sich das gewünscht hätte."

Sie verstand, dass er sich darüber nicht freuen konnte. „Sie fehlt dir.", sagte sie mit schwacher Stimme. Er nickte matt. Statt in sein Zimmer zu gehen, wie er eigentlich beabsichtigt hatte, lief er in die Küche. Katrin setzte sich zu ihrem Sohn.

„Das Schlimmste steht mir jetzt noch bevor: die Scheidung. Bevor das nicht vom Tisch ist, kann ich an mein Diplom nicht denken."

Sie schluckte, unterdrückte aber den Impuls, ihre Meinung zu diesem Plan kundzutun. Um sich ein wenig Luft zu verschaffen, fragte sie statt dessen: „Glaubst du, dass das so schnell über die Bühne gehen wird?"

Ralf zuckte die Schultern. „Ich habe übermorgen einen Termin mit einem Anwalt. Dann werde ich sehen, ob in meinem Fall eine Härtefallscheidung möglich ist."

Sichtlich erleichtert kam Ralf von seinem Termin bei dem Anwalt nach Hause. Seine Eltern saßen im Wohnzimmer und warteten auf ihn.

„Wenn ich Glück habe, bin ich in vier Wochen schon geschieden! Der Anwalt meinte, bei der Sachlage dürfte es kein Problem werden, eine Härtefallscheidung zu bekommen. Bedingung dafür ist, dass gegen Antonia ermittelt wird. Deshalb war ich auch gleich bei der Polizei."

Irritiert stellte er fest, dass weder Henry noch Katrin eine Reaktion zeigten und ihn ernst ansahen. „Ist was passiert?", fragte er erschrocken.

Henry erwiderte ruhig: „In der Küche wartet jemand auf dich!"

Verwundert lief Ralf in die Küche, wo Isabell gerade eine Zeitung las. Als er eintrat, legte sie die Lektüre weg und stand auf.

„Hallo.", grüßte sie zaghaft. Er setzte sich und sah sie schuldbewusst an.
„Schön, dass du hier bist!", begann er schließlich. „Ich war blind. Blind
vor Liebe, wie ich geglaubt habe. Tatsächlich war ich in meiner Trauer
um Elena gefangen. Insgeheim habe ich dich für ihren Tod verantwortlich gemacht, weil du in dem Moment, als sie gestorben ist, bei ihr
warst! Ganz zu schweigen davon, wie ich Pascal durch meinen Egois-
mus verletzt habe. Dafür gibt es keine Entschuldigung und es ist kein
Wunder, dass er mich nicht mehr sehen will. Ich rechne es dir schon
hoch an, dass du dir meine Erklärungsversuche anhörst!"
Isabell schwieg. Niedergeschlagen dachte sie an die vielen Besuche bei
Pascal, bei denen sie deutlich gespürt hatte, wie sehr sich der Junge
durch sein Schicksal verändert hatte. Der liebevollen Zuwendung meh-
rerer Betreuer war es zu verdanken, dass er jetzt einen Platz hatte, an
dem er sich wohl fühlte, obgleich ihm das Kinderheim seine Familie
nicht ersetzen konnte.
Schließlich sagte sie einlenkend: „Es hat keinen Sinn, wenn wir jetzt
darüber sinnieren, was man hätte anders machen können. Was passiert
ist, ist passiert. Ob ich dir wieder so vertrauen kann wie früher, das weiß
ich nicht. Aber das ist auch zweitrangig. Das Wichtigste ist für mich,
dass es Mops jetzt wieder besser geht!"

Tatsächlich wurde bereits vier Wochen später die Ehe von Ralf und Antonia geschieden. Direkt nach dem Gerichtstermin besuchte er Elenas
Grab.
„Ich habe Antonia angezeigt. Nun können wir nur hoffen, dass dir wenigstens noch ein bisschen Gerechtigkeit widerfährt. Isabell tut mir dabei sehr leid. Sie wird vor Gericht aussagen müssen, weil sie ja die einzige Zeugin war. Ich weiß nicht, ob es was bringt. Aber eins musst du
wissen: Ich habe sie nicht angezeigt, um schnell wieder geschieden zu
werden. Sondern in der Hoffnung, dass die Schuldige an deinem Tod
bestraft wird. Das bin ich dir und Pascal schuldig!"
„Sie hat übrigens wieder den Namen ihres ersten Mannes angenommen
und heißt jetzt wieder Antonia Harbord.", fuhr er fort. „Ich bin froh, dass
sie nicht deinen Namen in den Dreck zieht!"

„Eins muss Ihnen auch klar sein: Die Ermittlungen werden wohl Monate
dauern, da von Frau Harbord kein Geständnis zu erwarten ist. Bisher
gibt es außer Ihrer Aussage keine weiteren Indizien, welche die Schuld
ihrer Exfrau beweisen könnten. Und solange das so ist, gilt sie als un-
schuldig und wird auf freiem Fuß bleiben." Ralf sah seinen Anwalt gefasst an. „Das heißt, wenn keine weiteren Beweise gefunden werden,

kommt die Mörderin meiner Frau womöglich ungestraft davon!" Der Anwalt seufzte mitleidig. „Im Extremfall müsste man die Leiche ihrer verstorbenen Frau exhumieren."

Erschrocken schüttelte Ralf den Kopf. „Auf keinen Fall!" Sein Anwalt zuckte nur mit den Schultern. „Wenn Sie das kategorisch ausschließen, müssen wir davon ausgehen, dass es bei der derzeitigen Beweislage nicht zu einer Verurteilung kommen wird!"

Der plötzliche Schneefall ließ auf den Straßen ein Chaos entstehen. Da auch viele Züge ausfielen, brauchte Isabell mehrere Stunden, bis sie endlich bei Pascal im Kinderheim ankam. Doch er war nicht, wie sonst, in seinem Zimmer zu finden.

„Er ist hinten im Gemeinschaftsraum.", gab Pascals Zimmergenosse Auskunft. „Wir machen Kostüme für unsere Weihnachtsfeier!"

Der Junge lief voraus. Als Isabell den Raum betrat, ließ Pascal sein Kostüm schnell unter den Tisch gleiten und kam auf sie zu. „Hallo Isa", begrüßte er sie aufgeregt. Das Mädchen wunderte sich. „Was ist denn mit dir los?"

Mit einem verschmitzten Lächeln antwortete er. „Nix, gar nix!" Sie betraten das Zimmer und setzten sich auf Pascal Bett. „Was hat es eigentlich mit eurer Weihnachtsfeier auf sich? Dein Zimmerkollege erzählte mir etwas von Kostümen!", erkundigte sich Isabell.

Nun war Pascal völlig aufgedreht. „Wir feiern hier ganz anders Weihnachten als Zuhause. Also, eigentlich feiern wir Weihnachten genauso. Aber eine Woche vorher gibt es ein Kostümfest! Du kommst doch auch, oder? Bitte, bitte!", flehte er.

Sie lächelte. „Ich komme ganz bestimmt! Als was willst du dich denn verkleiden?", fragte sie. „Das verrate ich dir nicht! Du musst herkommen und mich suchen!"

Isabell war gerührt von der Unbefangenheit des Jungen, die sie in den letzten Wochen so sehr an ihm vermisst hatte. „Na, dann lasse ich mich einfach überraschen! Hoffentlich finde ich dich auch!", gab sie zu bedenken. Doch er war zuversichtlich. „Ganz bestimmt! Du kennst mich doch!"

Durch die schnelle Scheidung konnte Ralf sich nun wieder voll und ganz seinem Praktikum und seiner Diplomarbeit widmen. „Das neue Jahr kann nur besser werden.", seufzte er. „Als Erstes werde ich mein Studium abschließen und dann beginnt hoffentlich ein neues Leben, in dem ich das Kapitel Antonia endgültig abschließen kann!"

Doch sein Vater war nicht ganz dieser Meinung. „Diese ganze Sache wird immer zu deinem Leben dazugehören. Sie zu vergessen, würde bedeuten, auch Elena und Pascal zu vergessen. Ich kann mir nicht vorstellen, dass du das wirklich willst!"

„Im Übrigen steht ja auch noch der Prozess gegen sie an! Da wird das alles noch einmal aufgewirbelt!", mischte sich Ines in das Gespräch ein. „Weißt du da eigentlich schon einen Termin?"

Er senkte den Kopf. „Ja. Es geht gleich in der zweiten Januarwoche los. Mir graut auch schon davor!"

Henry versuchte, die aufkommende schlechte Stimmung im Keim zu ersticken. „Wie wäre es mit Weihnachtseinkäufen zur Ablenkung?", schlug er seinen Kindern vor. Dankbar für diese Abwechslung stimmte Ralf zu und auch Ines ging nach oben, um sich umzuziehen.

Gespannt betrat Isabell das Kinderheim. Bereits von draußen hörte sie laute Musik. Als sie die Tür öffnete, hatte sie Mühe, sich durch die vielen Kinder einen Weg zu bahnen und dabei nach Pascal zu suchen. Viele verschiedene Kostümierungen schwirrten um sie herum.

Suchend sah sie sich in dem langen Gang um und blickte in die vielen Kindergesichter. Aber sie konnte Pascal nicht finden und bat eine Betreuerin, die in den Plan des Jungen eingeweiht war, um einen Hinweis. Diese lächelte nur verschmitzt und schwieg.

Ratlos blieb Isabell stehen und dachte nach. Plötzlich ertönte aus den Boxen das ihr wohl bekannte Lied „Das verschenkte Glück". Da erkannte sie Pascal schließlich direkt vor sich – in einem Tabaluga-Kostüm.

Lachend fielen sich beide um den Hals. „Na, die Überraschung ist dir gelungen!", freute sie sich. Fröhlich nahm der Junge ihre Hand und sie liefen gemeinsam zum Kuchenbüfett.

Das Weihnachtsfest verbrachte Ralf bei seiner Familie. „In der großen Wohnung fällt mir die Decke auf den Kopf. Außerdem erinnert mich dort alles an Elena.", vertraute er seiner Mutter an. Katrin freute sich, dass die Familie den Heiligabend gemeinsam verbringen würde.

„Ich werde nur einen kleinen Baum fällen.", beschloss Henry. „So richtig zum Feiern ist uns dieses Jahr wohl allen nicht zu Mute." Die Familie stimmte zu. „Wir machen uns ja ohnehin keine großen Geschenke. Hauptsache, wir sind alle zusammen!", meinte Katrin.

Ralf kämpfte bei dem Gedanken an das Weihnachtsfest mit den Tränen. „Gerade einmal zwei Jahre ist es her, dass wir uns an diesem Abend kennen gelernt haben. Und jetzt ist es das erste Weihnachten ohne die Liebe meines Lebens!"

Auch Isabell konnte den Heiligabend im Kreise ihrer Familie nicht genießen. Ihre Gedanken waren ununterbrochen bei Pascal. Doch sie versuchte, über die Feiertage Kräfte zu sammeln, die sie für den anstehenden Prozess gegen Antonia dringend brauchen würde.
Bevor sie den schweren Gang zu Gericht antrat, besuchte sie wenige Tage zuvor noch einmal Pascal. Der Junge wusste nichts von dem Prozess um den Tod seiner Mutter.
Ihre Niedergeschlagenheit führte er auf das vergangene Weihnachtsfest zurück. „Ich musste auch die ganze Zeit an Mama denken. Vor allem an den Heiligabend, als Ralf zum ersten Mal bei uns war. Ob sie im Himmel auch Weihnachten feiert, was glaubst du?"
„Bestimmt.", meinte Isabell, den Tränen nah. „Sie wird genauso traurig gewesen sein wie wir, dass sie nicht mehr mit uns feiern konnte. Aber sie weiß, dass wir immer an sie denken und passt auf uns auf!"
Er nickte. „Mama vergisst uns nie! Und wir vergessen sie auch nicht!"

Am Morgen der Verhandlung bekam Isabell keinen Bissen hinunter. Sie hatte keinen anderen Gedanken als ihre bevorstehende Aussage. Ihr Vater wollte sie begleiten, doch das lehnte sie ab. „Ich fahre lieber mit Katrin und Henry hin. Da muss ich jetzt alleine durch!"
Vor dem Gerichtssaal musste sie warten. Ralf, der als Nebenkläger auftrat, ging neben seinem Anwalt in den Saal. Seine Eltern folgten als Zuschauer.
Die Zeit schien stehen zu bleiben. Als sie schließlich aufgerufen wurde, zitterten Isabells kalte Hände. Langsam betrat sie den kleinen Gerichtssaal, grüßte kurz und ging auf den Zeugenstuhl zu.
Konzentriert richtete sie ihren Blick nach vorn auf den Richter, während dieser ihre Personalien feststellte. „Schildern Sie uns doch bitte die Ereignisse vom 6. März!", forderte der Vorsitzende sie schließlich auf.
Isabell atmete einmal kurz durch und begann stockend zu erzählen. „Mein Großcousin hatte verfügt, dass ich seine Frau auf der Intensivstation besuchen durfte, obwohl ich noch minderjährig bin. Anfangs war ich skeptisch, aber an diesem Tag bin ich zu ihr gegangen. Ich hatte wie er die Hoffnung, dass es vielleicht helfen würde." Sie unterbrach ihre Schilderung kurz und faltete nervös die Hände.
„Jedenfalls bin ich im Treppenhaus ihrer Schwester Antonia – also der Angeklagten – begegnet. Sie rannte an mir vorbei. Ich dachte, dass es ihr einfach zu viel geworden war, ihre Schwester so zu sehen."

„Was wissen Sie über das Verhältnis der Schwestern zueinander?", unterbrach sie der Staatsanwalt. Isabell sah dem kräftigen, ergrauten Mann respektvoll ins Gesicht.

„Elena hat mir erzählt, dass sie Antonia mag. Aber sie war wohl eifersüchtig auf den Erfolg ihrer jüngeren Schwester. Besonders nah standen sie sich nicht, aber niemand wäre darauf gekommen, dass Antonia Elena so hassen könnte, dass sie ihre eigene Schwester umbringen würde!"

Isabell kämpfte mit den Tränen. Doch für Pascal und Elena riss sie sich zusammen und fuhr in ihrer Erzählung fort.

„Ich bin dann zu Elena ins Zimmer gegangen. Zuerst war noch alles ruhig. Den Umständen entsprechend ruhig. Aber plötzlich fing sie an zu krampfen. Als hätte sie einen epileptischen Anfall."

„Das medizinische Gutachten liegt dem Gericht bereits vor!", unterbrach sie Antonias Anwalt. Sein schnippischer Unterton reizte Isabell.

„Ach ja? Steht in diesem Gutachten auch drin, dass Elena eine Penicillinvergiftung hatte und eine hohe Dosis davon gespritzt bekommen hat?", fragte sie ihn aufgebracht. Doch damit tat sie sich keinen Gefallen.

Für den Verteidiger war diese Frage das Stichwort. Er stand auf und kam direkt auf Isabell zu. „Von der Allergie wusste niemand der Ärzte etwas. Und da der Nebenkläger einer Exhumierung der Toten nicht zugestimmt hat, besteht diese Geschichte nur aus Mutmaßungen! Es hätte auch gereicht, das Beatmungsgerät zu manipulieren, um Frau Habermann zu töten! Das kann heute niemand mehr mit Bestimmtheit sagen. Und Sie haben Frau Habermann kurz vor ihrem Tod besucht, sie waren sogar zum Zeitpunkt ihres Ablebens noch anwesend!"

Sie begriff, worauf er hinaus wollte. Nach einer kurzen Schrecksekunde gewann sie jedoch ihre Fassung wieder und entgegnete ruhig: „Das stimmt. Aber ich wusste nichts von ihrer Penicillinallergie. Außerdem wüsste ich nicht, wie ich an das Medikament, geschweige denn eine Spritze käme. Antonia wusste als Einzige von Elenas Allergie und hatte als ehemalige Krankenschwester die nötigen Kenntnisse, um ihr das Mittel zu verabreichen! Und warum sollte sie Ralf gegenüber etwas gestehen, was sie nicht getan hat?"

Der Richter bereitete dem Wortgefecht ein Ende. „Ich denke, wir können sie jetzt aus dem Zeugenstand entlassen. Sie bleiben als Minderjährige natürlich unvereidigt."

Erleichtert nahm Isabell neben dem Arzt, der schon vor ihr vernommen worden war, Platz. Es folgten als nächste Zeugen noch zwei Krankenschwestern der Intensivstation, die an Elenas Todestag Dienst gehabt hatten und auch dabei gewesen waren, als sie starb. Doch auch sie konnten zur Klärung der Todesursache nicht wesentlich beitragen.

Das Urteil sollte noch am selben Tag gesprochen werden. In der Pause begegneten sich Ralf und Isabell in der Cafeteria.

„Du hast dich wacker geschlagen!", sagte er anerkennend. Doch damit konnte er das Mädchen nicht aufheitern. „Ich habe kein gutes Gefühl! Dieser Anwalt hat mich ganz schön ins Kreuzverhör genommen. Wir wissen, dass sie es war, aber echte Beweise gibt es nicht! Ob das für eine Verurteilung reicht? Immerhin geht es hier um Totschlag!"

Wenig später betraten sie wieder den Gerichtssaal. Als der Richter mit den Schöffen eintrat, erhoben sich alle von ihren Plätzen.

„Im Namen des Volkes ergeht folgendes Urteil: Die Angeklagte wird in dubio pro reo freigesprochen. Die Verfahrenskosten und die notwendigen Auslagen fallen der Staatskasse zur Last."

Ohne sie anzusehen spürte Isabells Antonias boshaftes Grinsen. Obwohl sie von dem Urteil tief erschüttert war, spürte sie auch Erleichterung, denn Pascal musste von diesem Unrecht, dass seiner Mutter widerfuhr, nichts erfahren.

„Am Freitag schreiben wir schon wieder eine Physikarbeit!", beklagte sich Isabell. Sie machte gemeinsam mit Ines einen Stadtbummel, um sich von dem Stress der letzten Wochen abzulenken.

Ines sah dieses Thema eher positiv. „Na, dann weißt du ja gleich, wofür du heute Kraft tankst!", entgegnete sie fröhlich. „Aber jetzt denken wir mal ausnahmsweise nicht an die Pflicht, sondern machen uns einen entspannten Nachmittag."

Doch es gelang Isabell nur schwer, abzuschalten. „Pascal wird sich auch ziemlich enttäuscht von mir sein. Aber ich schaffe es wohl erst in den Ferien, ihn wieder zu besuchen,"

Sie blieben stehen und stöberten in der CD-Auswahl eines Verkaufsstandes. „Dann kannst du ihm ja ein kleines Geschenk mitnehmen.", schlug Ines vor und hielt eine CD mit Kinderliedern hoch.

Doch das Mädchen war von dieser Idee nicht begeistert. „Ich glaube nicht, dass ich Mops damit eine Freude machen kann. Er hat ja eigentlich nur ein Hobby, das ist Malen. Und er geht ja zum Glück gerne mit den anderen Kindern raus und verkriecht sich nicht mehr so! Aber für Märchen hat er sich noch nie wirklich interessiert."

In einem Kaufhaus entdeckten sie schließlich ein Kratzbild und waren beide davon begeistert. „Das wird ihm bestimmt Spaß machen!", war Isabell sich sicher. „Gekauft!", meinte Ines fröhlich und legte den Karton in ihren Einkaufskorb.

Mit einem unguten Gefühl machte sich Isabell auf den Weg zu Pascal. Es war Elenas Geburtstag und in wenigen Wochen würde sich auch ihr Todestag zum ersten Mal jähren. An diesen Tagen wollte und konnte sie Pascal nicht allein lassen, obgleich ihr selbst nicht ganz wohl war.

Zaghaft drückte sie auf die Klingel. Der leise Summton des Türöffners ertönte und sie trat ein. Eine Betreuerin, die sie durch ihre vielen Besuche bei Pascal schon gut kannte, kam ihr auf dem langen Flur entgegen. „Was machen Sie denn hier?", fragte sie verwundert. „Pascal ist nicht mehr hier, wussten Sie das nicht?"

Starr blieb Isabell stehen und fragte aufgewühlt: „Wo ist er?" Die Betreuerin bat sie in ein kleines Büro. Zwei Schreibtische standen Kopf an Kopf in dem engen Raum. An der Wand hing ein großer Kalender. Mehr Platz gab es nicht.

„Er ist heute Morgen abgeholt worden. Seine Tante hat das Sorgerecht bekommen!"

Diese Nachricht traf Isabell wie ein Schlag ins Gesicht. „Das ist nicht wahr, das kann nicht wahr sein!", rief sie außer sich. „Wohin will sie mit ihm? Hat sie gesagt, wohin sie will?", fragte sie aufgelöst.

Die Erzieherin versuchte, sie zu beruhigen. „Ich bin mir sicher, dass es ihm gut geht..." Doch Isabell war vom Gegenteil überzeugt und fragte noch einmal. „Wo will sie hin?"

Die Betreuerin sah ein, dass Isabell keine Ruhe geben würde, bevor sie von Antonias Plänen erfuhr. „Sie meinte, dass sie Pascal zu ihrer Tochter bringen wolle. Aber ich habe keine Ahnung, wo diese Tochter lebt, wirklich nicht!"

„Das weiß ich selber!", schrie Isabell und rannte los. Da sie nicht wusste, wie viel Zeit ihr blieb, hielt sie auf der Straße ein Taxi an und ließ sich zunächst nach Hause bringen. Um die Fahrt bezahlen zu können, räumte sie ihre Sparbüchse aus und lief wieder zum Wagen.

Antonia konnte nur von Leipzig aus nach Melbourne fliegen wollen, denn alles andere wäre ein unnötig weiter Weg gewesen. Also ließ sich Isabell zum Flughafen in Leipzig bringen.

Nachdem sie den Taxifahrer bezahlt hatte, stürmte sie in das Gebäude. Die vielen Menschen störten sie nicht, nach einer kurzen Orientierung steuerte sie direkt auf den Informationsschalter zu.

„Ist seit gestern Abend ein Flieger nach Melbourne gestartet?", fragte sie eilig. Nachdem der junge Mann hinter dem Schalter im Computer nachgesehen hatte, gab er zur Antwort: „Nein, und heute fliegt auch keine Maschine dorthin. Erst morgen früh halb acht wieder. Darf ich für

Sie reservieren?" Sie verneinte und ließ sich auf einer Bank nieder. Erschöpft dachte sie darüber nach, wie es jetzt weiter gehen sollte. Dann beschloss sie, zunächst Ines anzurufen und sie über die Ereignisse zu informieren.

Ihre Großcousine war nicht minder geschockt. „Das kann doch alles nicht wahr sein, das ist doch ein Alptraum!", stammelte sie weinend. „Was willst du denn jetzt tun?"

„Wenn ich das wüsste.", gab Isabell resigniert zurück. „Keiner von uns wird es verhindern können, dass sie Mops nach Australien bringt. Aber ich möchte mich wenigstens von ihm verabschieden, das lasse ich mir nicht verbieten!"

Ines versprach, Isabells Eltern zu benachrichtigen. Sie sollte sie in zehn Minuten noch einmal melden. „Dein Vater ist nicht zu Hause.", erzählte sie dann. Mit einem sarkastischen Unterton fügte sie hinzu: „Ich soll dir ausrichten, dass du auf der Stelle nach Hause kommen sollst!"

„Ich denke gar nicht dran!", gab Isabell zurück. „Ich will Mops wenigstens noch einmal sehen. Und wenn es das letzte Mal für Jahre ist." Sie seufzte tief.

„Was willst du denn machen?", fragte Ines unsicher. „Na was wohl?", gab das Mädchen trotzig zurück. „Ich suche mir eine Bank und warte. Wenn der Flieger um halb acht startet, werden sie wohl spätestens um fünf hier auftauchen. Und schlafen kann ich jetzt sowieso nicht!"

Darauf wusste Ines nichts mehr zu sagen. Seufzend ermahnte sie Isabell, auf sich aufzupassen. Sie versprach es und beendete das Gespräch.

Stundenlang verharrte Isabell in dem kalten Flughafengebäude und beobachtete gedankenverloren die unzähligen Menschen. Die meisten hetzten an ihr vorbei, nur wenige bereiteten sich in Ruhe auf ihre Reise vor.

Da plötzlich erkannte sie das rotblonde Haar von Antonia und zuckte zusammen. Sie lief mit Pascal an der Hand zielstrebig zum Check-In-Schalter.

Ängstlich sah Pascal sich in den Menschenmassen um. Da fiel sein Blick auf Isabell. Er riss sich von seiner Tante los und stürmte mit einem lauten Jubelschrei auf das Mädchen zu. Bei der Umarmung gaben sich beide keine Mühe, ihre Tränen zurückzuhalten.

Antonia war Pascal nachgelaufen und warf einen bösen Blick auf Isabell. Doch das störte sie nicht im Geringsten. Schluchzend umklammerte sie den Jungen und auch er schien sie nicht loslassen zu wollen.

Doch Isabell sah ein, dass es sinnlos war. Sie hatte Pascal verloren und jetzt war der Moment des Abschieds gekommen. Langsam ließ sie ihn los.

„Mach es gut, mein Süßer. Lass dich nicht unterkriegen und vergiss mich nicht, okay?"

Er wollte etwas erwidern, doch die Worte wurden von Tränen verschlungen. So schüttelte er nur den Kopf.

Isabell fand noch ein paar letzte Worte. „Wir sehen uns wieder, das verspreche ich dir! Daran musst du immer denken, wenn du Heimweh hast!"

Antonia unterbrach die Situation. „Es ist genug jetzt, wir müssen zum Flugzeug!", sagte sie barsch, nahm Pascal bei der Hand und zerrte ihn mit sich fort. Er drehte sich noch einmal um und warf Isabell einen verzweifelten Blick zu. Dann verschwamm das Bild vor ihren Augen.

„Ich mache mir wirklich Sorgen um Isabell.", klagte Katrin. „Sie ist total verschlossen und scheint an nichts mehr Freude zu haben. Wenn man sie doch nur irgendwie aufmuntern könnte!"

Ines sah dieses Problem sehr nüchtern. „Dazu müsste man Pascal wieder zurück holen können. Alles andere ist kein Trost für sie."

„Das sehe ich nicht ganz so!", mischte sich Henry ein. „Wenn sie wenigstens sicher sein könnte, dass es dem Jungen gut geht, wäre sie schon beruhigt. Auch wenn sie ihn vermisst, wichtiger ist für sie, dass er sich wohl fühlt."

Seine Tochter stützte den Kopf in die Hände. „Aber wie bekommen wir heraus, ob bei ihm alles in Ordnung ist? Wir wissen doch nicht einmal, wo genau er ist!"

Kopfschüttelnd lief Henry in Ralfs Zimmer. „Ihr seid doch eigentlich die Computer-Generation. Dann werden wir doch wohl die Adresse von dieser Jeanette herausfinden! Denn wo sonst sollte Antonia den Jungen hinbringen, wenn nicht zu ihrer Tochter?"

Von dieser Idee begeistert stürmte Ines ihm nach. „Vati, du bist ein Held!", rief sie und wählte sich in das Internet ein.

Niedergeschlagen betrat Isabell das Haus. Henry umarmte das Mädchen zur Begrüßung. „Wie geht es dir?", wollte er wissen. Sie zuckte nur mit den Schultern.

Mit einem strahlenden Lächeln kam Ines ihr entgegen. „Hallo Isa!", begrüßte sie den Gast fröhlich. Ihre gute Laune irritierte Isabell.

„Ich habe eine Überraschung für dich!", rief Ines und ging voraus ins Wohnzimmer. Unsicher setzte sich das Mädchen.

Ines hielt einen kleinen Zettel hoch. „Rate mal, was das ist!" Doch bei Isabell kam keine Spannung auf. „Du wirst es mir sicher gleich sagen.", entgegnete sie matt.

Ihre Großcousine war in ihrer Euphorie nicht zu bremsen. „Das ist die Telefonnummer von einer gewissen Jeanette Harbord! Sagt dir der Name etwas?"

Das Mädchen erstarrte. „Woher hast du die Nummer?", fragte sie aufgeregt. „Recherche!", gab Ines geheimnisvoll zurück. „Und wir beide werden jetzt dort anrufen und fragen, wie es Pascal geht! Vielleicht können wir sogar mit ihm sprechen!" Sie hatte schon das Telefon in der Hand.

Doch Isabell hielt sie zurück. „Wir können doch jetzt nicht einfach da anrufen!", rief sie. „Und warum nicht?"

„Na ja, ich meine, sie kennt uns doch kaum. Dich erst recht nicht! Und außerdem... außerdem ist es jetzt mitten in der Nacht in Melbourne! Die sind zehn Stunden weiter in der Zeit!"

Das sah Ines ein. „Dann werden wir am Samstag morgen anrufen. Dann kannst du auch hier sein und mit Pascal sprechen!"

Isabell war so nervös wie schon lange nicht mehr, als Ines die Nummer von Jeanette wählte. Würden sie wirklich gleich Pascals Stimme hören? Fühlte er sich wohl bei seiner Cousine? Würde er ehrlich sprechen können?

Obwohl Jeanette in Australien aufgewachsen war, sprach sie gut Deutsch. Ines hatte den Lautsprecher des Telefons eingeschaltet.

Ines nannte ihren Namen und wollte dann direkt wissen, wie es Pascal geht.

„Ihm geht es gut.", erzählte Jeanette. „Aber das kann er euch ja selbst erzählen. Ich hole ihn."

Sekunden später war Pascal selbst am Telefon. „Hallo Isa!", rief er. Der fröhliche Klang seiner Stimme nahm Isabell all ihre Sorgen.

„Hallo Mops! Wie geht es dir?"

Er wurde ernst. „Mir geht es gut, aber ich vermisse dich total! Jeanette hat mir versprochen, dass wir dich im Sommer besuchen!"

Isabell schluckte. In diesem Moment hätte sie den Jungen so gern bei sich gehabt und in die Arme geschlossen.

„Ich lerne jetzt Englisch im Kindergarten!", erzählte er weiter. „Und zu Hause sprechen wir auch viel Englisch, damit ich es schnell lerne. Jeanette ist total lieb zu mir. Ich bin froh, dass ich bei ihr bin und dass Tante Antonia wieder weg ist!"

Erleichtert stellten Ines und Isabell fest, dass es Pascal wirklich gut ging. Er hatte ein neues Zuhause gefunden, in dem er sich offensichtlich sehr wohl fühlte.

„Ich kann es kaum erwarten, bis wir uns im Sommer sehen. Bis dahin wünsche ich dir viel Spaß im Kindergarten! Ich hab dich lieb!", rief Isabell.

Pascal antwortete ebenso heiter: „Ich hab dich auch lieb! Mach es gut!" Dann reichte er den Hörer wieder an seine Cousine. „Ich kann euch ja auch meine e-Mail-Adresse geben, dann können wir jederzeit in Kontakt bleiben!", schlug sie vor. Isabell war von dieser Idee begeistert und holte schnell einen Schreibblock und einen Kugelschreiber.

Glücklich über diese Möglichkeit schrieb das Mädchen am Abend eine e-Mail an Jeanette und bat sie, ihr ein paar Fotos von Pascal in seiner neuen Heimat zu schicken. Bereits wenige Tage später erhielt sie eine Antwort. Die Bilder zeigten einen glücklichen Fünfjährigen in der Sonne Australiens. Offenbar hatte er mit der Klimaumstellung keinerlei Probleme und auch sein kindliches Gemüt war zurückgekehrt. Diese Bilder ließen Isabell die immense Entfernung ertragen.

„Mein Zimmer zu Hause war ganz bunt!", erzählte Pascal. Seine Cousine hatte ihm den Raum praktisch und elegant eingerichtet.

„Möchtest du das denn wieder haben?", erkundigte sie sich. Der Junge überlegte kurz. „Nein.", sagte er dann. „Hier ist es eben anders. Das sind meine Erinnerungen an Mama!"

Ergriffen strich sie ihm über die blonden Haare. Jeanette war über den Tod ihrer Tante tief betroffen gewesen. Dass aber ihre eigene Mutter daran schuld sein sollte, wollte die junge Frau noch immer nicht glauben.

„Morgen werden wir dich zur Schule anmelden!", kündigte sie Pascal an.

Er war wenig begeistert. „Tante Antonia hat mal gesagt, dass ich total schlau bin. Muss ich jetzt gleich eine Klasse überspringen?", fragte er ängstlich.

Jeanette beruhigte ihn. „Das könntest du, weil du tatsächlich hochintelligent bist. Aber wenn du es nicht möchtest, wird dich niemand dazu zwingen!"

Erleichtert schüttelte Pascal den Kopf. „Das will ich nicht. ich möchte einfach ganz normal in die Schule gehen! Und vorher will ich Isabell noch mal sehen, denn wenn ich in die Schule gehe, haben wir ja keine Zeit mehr, so lange in Urlaub zu fahren!"

Je näher der Sommer kam, desto ungeduldiger wurde Isabell. Sie hatte Jeanettes Versprechen, sie mit Pascal in Deutschland zu besuchen, nicht vergessen. Bisher stand aber noch kein Termin fest.

„Bestimmt wird sie dir bald sagen können, wann sie Urlaub hat.", war ihr Vater zuversichtlich. „Aber wir haben ja erst Juni, der Sommer hat noch gar nicht richtig angefangen!"

Wehmütig dachte sie zurück. „Jetzt ist es ziemlich genau sechs Jahre her, dass ich Elena kennen gelernt habe. Was in dieser Zeit alles passiert ist!"

Besorgt blickte ihr Vater sie an. Doch Isabell fing sich schnell wieder und blickte in die Zukunft. „Vielleicht kommt er ja zurück, wenn er erwachsen ist. Und wenn nicht, dann soll er in Australien sein Glück finden. Hauptsache, er fühlt sich wohl und ist glücklich!"

Lächelnd betrachtete sie die Postkarte aus Melbourne. Gestern war im Briefkasten gewesen. „Überraschung!", hatte Jeanette in großen Lettern als Überschrift geschrieben. „Und bald kommt die nächste Überraschung angeflogen!", hieß es weiter. Isabell wagte nicht zu hoffen, dass damit ein spontaner Besuch gemeint war. Zu groß war die Angst vor einer Enttäuschung.

Bei Jeanette und Pascal waren derweil schon die Reisevorbereitungen in vollem Gange „Nur noch zwei Wochen, dann geht es los!" Strahlend hielt Jeanette die Flugtickets hoch. Auch sie war voller Vorfreude auf den Besuch in Deutschland. „Zeig mal!", forderte Pascal und versuchte, die Daten für Hin- und Rückflug zu lesen. Jeanette setzte sich zu dem Jungen und zeigte ihm die Tickets. „Wie lange bleiben wir?" Das war für ihn die wichtigste Frage. Seine Cousine fürchtete, ihn enttäuschen zu müssen. „Leider können wir nicht länger als drei Wochen bleiben, da wir sonst ein Visum beantragen müssten. Das kostet Geld und dauert auch sehr lange." Pascal sah dieses Problem jedoch wesentlich entspannter, als Jeanette befürchtet hatte. „Hauptsache, wir fahren überhaupt!", freute er sich. „Isa wird sich bestimmt schon freuen!" Der Junge konnte die Zeit bis zum Wiedersehen kaum noch abwarten.

„Sie weiß doch gar nicht, dass wir kommen.", meinte Jeanette lächelnd. „Umso größer wird die Überraschung." Pascal war sich jedoch sicher, dass das Isabell das Vorhaben der Beiden zumindest ahnte. „Sie merkt immer, wenn ich was vorhabe, egal, wie weit sie weg ist!" war er überzeugt.

Als Jeanette später Pascals Zimmer betrat, traute sie ihren Augen nicht: Das Bett war mit Kleidungsstücken übersät und der Junge versuchte gerade, seinen Bettkasten zu öffnen, um eine Reisetasche herauszuholen.

Lächelnd ging sie auf ihn zu und nahm seine Hand. „Wir haben noch jede Menge Zeit zum Packen. Aber du kannst dir ja schon mal überlegen, was du deiner Familie mitbringen willst.", schlug sie vor. Pascal hatte sofort eine Idee: „Isa bekommt einen Plüsch-Koala, mit dem kann sie dann immer kuscheln und an mich denken."

Mit einer Salatschüssel machte Isabell es sich auf der Couch bequem. Ihre Eltern waren eingeladen, deshalb musste sie allein essen. Gerade begannen die Nachrichten.
„Kurz nach dem Start vom Flughafen in Melbourne ist ein Passagierflugzeug in ein Feld gestürzt und völlig ausgebrannt. Für die 105 Insassen kam jede Hilfe zu spät. Die Maschine war auf dem Weg nach Deutschland."
Isabell blieb der Bissen im Hals stecken. Sie musste husten. Nachdem sie sich wieder beruhigt hatte, begriff sie langsam, was sie eben gehört und gesehen hatte. „Bitte nicht, das kann nicht wahr sein! Das darf einfach nicht sein!", flüsterte sie geschockt.
Eine furchtbare Ahnung überkam sie. Zitternd griff sie zum Telefon. „Ines, wann hat Jeanette dir das letzte Mal geschrieben?", fragte sie sofort, als ihre Großcousine sich meldete.
„Letzte Woche, warum fragst du? Was ist los?", wollte Ines wissen. Doch Isabell konnte nicht antworten. Langsam ließ sie den Hörer sinken und beendete das Gespräch.
Von einer Sekunde auf die andere wusste sie, dass Jeanette und Pascal sie doch mit einem Besuch überraschen wollten. Doch noch gab es die Hoffnung, dass die Beiden eine andere Maschine nahmen.
Aufgewühlt durchsuchte sie den Videotext nach der Servicenummer des Flugunternehmens. Schließlich wurde sie fündig und wählte die Nummer.
Dieser Anruf ließ Isabells Leben wie ein Kartenhaus einstürzen. Pascal und Jeanette standen auf der Passagierliste der abgestürzten Maschine.
„Wir sehen uns wieder, Mops, das verspreche ich dir!" Dieses Versprechen konnte Isabell nun ebenso wenig erfüllen wie jenes, welches sie Elena an ihrem Sterbebett gegeben hatte. Sie hatte Pascal schützen und immer für ihn da sein wollen.
„Kommt Mama wieder?", hatte er damals gefragt. Nun war er selbst zu ihr gegangen.

Zeitfracht Medien GmbH
Ferdinand-Jühlke-Straße 7
99095 Erfurt, Deutschland
produktsicherheit@kolibri360.de